FARMGESCHICHTEN

ELIJAH

Heribert R. Brennig

Die Deutsche Nationalbibliothek verzeichnet diese Publikation in der Deutschen Nationalbibliothek; detaillierte bibliographische Daten sind im Internet über http://dnb.d-nb.de abrufbar.

© 2024 Heribert R. Brennig
Verlag: BoD · Books on Demand GmbH, In de Tarpen 42, 22848 Norderstedt
Druck: Libri Plureos GmbH, Friedensallee 273, 22763 Hamburg

1. Auflage
Layout und Cover: Manuela Wirtz, Schüller
Coverbild: KI generiert von Manuela Wirtz

ISBN: 978-3-7693-1126-6
Printed in Germany

Heribert R. Brennig

Farmgeschichten

ELIJAH

„Betrachte nicht den Krug, sondern dessen Inhalt".
Aus dem Talmut

INHALTSVERZEICHNIS

HINWEIS

Die Geschichte beginnt und endet auf einer kleinen Farm in der malerischen Landschaft des hügeligen Pennsylvanias mit seinen hellen, laubwaldbestandenen Hügeln, die der Indian Summer in einem Meer von Farben ertränkt. In dieser Idylle mit seinen Bergketten, Seen, Flüssen, Feldern und Wiesen, die sich im Frühling zu einem einzigen, nicht von Menschenhand gewebten Teppich von Wildblumen verwandeln, lebt der sich zu Jungen hingezogen fühlende Elijah unter der Fuchtel strenger, bibeltreuer, gottesfürchtiger Eltern.

Weil er es nicht mehr aushält, weil es in der Gemeinschaft, der seine Eltern angehören, weder seine Neigung und somit auch ihn nicht gibt, nicht geben kann und nicht geben darf, sucht er nach einer Möglichkeit, seinem Zuhause zu entfliehen. Elijah wendet sich in einem Brief an einen »Dad«, einen Mann, der deutlich älter ist als er und in einem einschlägigen Magazin einen »Sohn« für »Rollenspiele« sucht. Es kommt anders als erwartet. Aber auch anders als befürchtet. Und doch schlimmer.

In seinem langen, während mehrerer Tage und Nächte heimlich entstandenen »Bewerbungsschreiben« erzählt Elijah von der Begegnung mit seiner großen Liebe und seinen ersten sexuellen Erfahrungen, die zwar harmlos sind, die aber auf den einen oder anderen Leser dennoch verstörend wirken und von ihm als »schmutzig« etikettiert werden könnten. Für solche Leser ist die Lektüre dieser Geschichte nicht geeignet.

TW: In diesen »Farmgeschichten« geht es also nicht um »Ferien auf einem Bauernhof«.

DIES IST KEIN KINDERBUCH!

TEIL I
MAI–JULI

1

NUR WEG!

Farm der Landauers. Anfang Mai

Elijah will nur eines: weg. Weg von einem »Zuhause«, in dem er es nicht mehr aushält. Weg von dieser »Museumsfamilie«, wie er sie nennt. Weg von Eltern, deren Vorstellungen er nicht entspricht. Fort von Leuten, die ihn so, wie er ist, nicht wollen.

Sein Vater, Amos Landauer, hatte ihn zwar gezeugt und seine Mutter, Mary Ann, hatte ihn zur Welt gebracht. Aber er sei, sagten sie, nicht ihr Sohn. Vertauscht worden konnte er allerdings auch nicht sein, denn die »Ausgeburt«, wie sie ihn manchmal in ihrem Zorn bezeichneten, war eine Hausgeburt. Eigentlich war und blieb er ein hübscher Junge. Aber für sie war er, wie sich von Tag zu Tag immer deutlicher zeigte, misslungen, und, was ihm äußerlich nicht anzusehen war, innerlich verfault und gänzlich verdorben. Denn er lehnte ab, was ihnen heilig war. Er galt ihnen als ungehorsames, widerborstiges, trotziges Kind, das sich anders kleiden, anders aussehen, überhaupt anders sein wollte als vorgesehen und vorgeschrieben war. Er gab ihnen schon früh tausend Gründe, sich seiner zu schämen. Was immer er, als er größer geworden war, an Arbeiten auf der Farm in Feld oder Stall übernehmen musste, er tat sie gelangweilt und war nie bei der Sache. Während andere Kinder seines Alters die Namen der einzelnen Völker, Stämme, Sippen sowie der Richter, Könige, Fürsten oder Hohenpriester herunterbeten konnten, von denen im Alten Testament die Rede war, und die, wie aus der Pistole geschossen, die Namen der Stationen aufzählten, an denen die Hebräer nach dem Auszug aus Ägypten während ihrer 40 jährigen Wanderung durch die Wüste bis zum Schilfmeer gelagert hatten, oder die sowohl die Architektur als auch die Ausstattung der Stiftshütte und der Bundeslade fehlerfrei beschreiben konnten und die selbstverständlich wussten, welche Städte und Völker welchen Götzen opferten und bekriegt, besiegt und ausgerottet worden waren, – sie betrieben das Lernen solcher Fakten wie ein Sport, zum Wohlgefallen ihrer Eltern –, konnte Elijah auf keinem dieser Gebiete mithalten oder gar glänzen und keine dieser Fragen beantworten – bis auf eine einzige, die aber nie gestellt wurde. Er schlief sogar bei den Bibellesungen und Prüfungen regelmäßig ein. Gute Worte, freundliche Ermahnungen und selbst Schläge änderten nichts daran. An ihm waren Hopfen und Malz verloren.

Hätten sie, dachten seine Eltern manchmal, zur Zeit des Alten Testaments gelebt, das ihre ständige und einzige Lektüre war, wäre er ein sicherer Kandidat für die Strafe gewesen, die einem ungehorsamen und widerspenstigen Sohn angedroht worden war, der sich trotz Züchtigung nicht bessern wollte. Damals hätte er vor die Ältesten geführt und angeklagt werden können. Und seine Bestrafung wäre gewesen, „dass er gesteinigt werde von allen Leuten seiner Stadt, sodass er sterbe und so das Böse aus der Mitte weggetan werde". Dabei wussten sie noch nicht einmal alles über ihn.

Aber die guten alten Zeiten, in denen ein zorniger Gott noch selbst zu seinen Propheten gesprochen hatte und sie verkünden ließ, was SEIN Wille und was Recht oder Unrecht war, waren zu ihrem großen Bedauern längst vorbei. Zucht und Ordnung waren dahin. Die von Menschen gemachten Gesetze waren lau und hatten jeden Biss verloren. Kein Wunder, dass die Welt ohne Moral verkommen und schlecht geworden war. Gerechte und Gottesfürchtige gab es nur noch wenige. Verderbte und Verlorene dagegen umso mehr. Und da das Schwert Gottes ebenso stumpf geworden war wie die von den Regierungen erlaubten Sanktionen, wodurch ihnen die Hände gebunden waren, mussten sie zusehen, wie sie selbst mit Elijah und allem anderen fertig wurden. Das war nicht einfach. Schon vor seiner Geburt war das Böse in ihm. Elijah hatte im Schoß seiner Mutter so sehr gewütet, dass Mary Ann nach ihm kein Kind mehr empfangen und gebären konnte. Alle anderen Familien ihrer Gemeinschaft hatten zwischen sechs und zwölf Kinder. Aber die Landauers hatten nur eins geschafft. Dieses. Danach blieb ihr Schoß, wie sie verbittert sagte, „verschlossen".

Mary Ann und Amos litten unter dem „Einzelkind". Das Gebot, fruchtbar zu sein und sich zu mehren, konnten sie nicht erfüllen. Deshalb waren sie in ihrer Gemeinschaft nicht hoch angesehen. Die Schuld daran gaben sie Elijah. Etwas, da waren sie sich sicher, stimmte nicht mit diesem Jungen. Etwas war anders bei ihm. Etwas lief falsch. Und zwar von Anfang an.

Auch Elijah fühlte sich anders. Darin stimmte er mit ihnen überein. Anders, aber auch einzig, weil er niemanden kannte, der so eigenwillig war wie er. Aber er empfand sich nicht als falsch oder gar böse.

Lange Zeit wusste er nicht, was genau dieses »Andere« an oder in ihm war. Bis er Anuk begegnete. Und sich in ihn verliebte. Aber wir greifen der Geschichte vor.

Zurück also zu seinen Eltern: Vielleicht wollte Gott sie mit diesem Kind, diesem „Satansbraten", diesem „Sargnagel", prüfen und „läutern", wie er das mit Hiob getan hatte. Vielleicht wollte er sie aber auch bestrafen. Natürlich hatten sie Strafe verdient, so sehr sie sich auch um ein gottesfürchtiges Leben bemühten. Bestrafung verdient schon allein wegen der Erbsünde. Andere Kinder, die ihnen vielleicht Freude hätten bereiten können, hatte ihnen GOTT versagt. Nur diesen Sargnagel hatte er ihnen »geschenkt«. Das ließ sie – bei allem Gehorsam, den sie IHM schuldeten – hart und bitter werden. Sie lehnten Elijah, je älter er wurde, mehr und mehr ab und ließen ihn ihre Enttäuschung spüren.

Elijah hatte alles ertragen und sich bis jetzt arrangiert. Aber nun reichte es ihm. Er hatte genug. Das Maß war voll. Er wollte verschwinden. Abhauen. Aber wie und wohin?

Da fand er zufällig in einem Papierkorb in der Stadt vor der einschlägigen Bar, die ihn anzog und auf die er neugierig war, die er aber nie wagte zu betreten, weil sie in einem speziellen »Ruch«

stand, den sie zu Hause als „infernalischen Gestank" bezeichnet hatten, das »Bear Magazine« mit Texten, Bildern und Annoncen. Eine dieser Anzeigen unter der Rubrik „Role plays" hatte ihn elektrisiert:

Dad (30) sucht Sohn in passendem Alter.
Lust auf Ferien in Kalifornien (San Francisco)?
Melde dich mit ausführlichem, aussagekräftigem, handgeschrie-
benem Brief und einem Foto.
Nur ernstgemeinte Zuschriften haben eine Chance.
Bewirb dich unter D&S Sunset Beach 30.14-16

Die Lösung?
Die Lösung!

Elijah weiß, dass er sich, will er von dem »Dad« aus diesem Magazin eingeladen werden, interessant und »sohnfein« machen muss.

„Sohnfein", murmelt er, und muss lächeln. Natürlich kann er sich denken, dass ein »Dad« aus einem solchen Magazin kei-nen braven, bescheidenen, drögen Jungen sucht, der es kaum er-warten kann, am ersten Tag jeder Woche nach dem Gottesdienst die Sonntagsschule zu besuchen. Und der sich damit begnügen würde, an den Abenden zum Singen alter Volks- und Kirchen-lieder zu gehen. Elijah singt zwar gerne, aber er verabscheut die Erwartungen, die mit dieser Singerei verbunden sind. Denn die Zusammenkünfte dienen eigentlich dazu, in unverdächtiger, lockerer Runde zarte Bande zum anderen Geschlecht zu knüp-fen, die Freundin kennenzulernen, die dann, wie es bei ihnen üblich ist, nach langer Verlobungszeit die Frau werden würde. Oder müsste. Aber so ein Junge ist er nicht. Nicht, dass er et-was gegen Mädchen hätte! Im Gegenteil. Und auch er ist bei ihnen beliebt. Aber die Vorstellung, eines von ihnen zu küssen oder küssen zu müssen, oder auch etwas anderes mit ihr zu tun, gefällt ihm nicht. Der erste Kuss, den ihm eine Verehrerin einmal überraschend geschenkt hatte, war ihm fade vorgekommen, hatte schal geschmeckt und war nicht mit dem geringsten Reiz verbunden. Weder seine Seele noch sein Körper waren in Wallung geraten. Noch nicht einmal ein sanftes Zittern hatte ihn durchfahren. Er war unbeeindruckt und unbewegt geblieben wie die Blätter eines Ahornbaums an einem Hochsommertag, an dem sich nicht das leiseste Lüftchen regt. Das hatte nicht an ihr gelegen. Sie war sehr hübsch und sie machte das mit dem Kuss ausgesprochen gut und einfühlsam. Trotzdem wusste Elijah, dass es sich bei oder mit einem Mädchen immer so anfühlen würde wie bei ihr. »Mädchenküsse«, fand er, schmeckten einfach nicht. Daher begehrte er „weder eines Mädchens Mund noch eines Mädchens Körper". Heiraten, das wusste er, noch bevor er zehn Jahre alt war, würde er niemals. Er würde für ein Mädchen oder eine Frau nicht mehr als Freundschaft empfinden können. Und er könnte ihr auch nicht das geben, was sie zu Recht erwarten würde. Nur so zu tun »als ob«, weil es erwartet wurde, wäre unfair gewesen. Ihr gegenüber. Aber auch gegenüber sich selbst. Es hätte sich für keinen von ihnen gut angefühlt. Er wollte kein Heuchler werden. Das triste Leben seiner Eltern vor Augen hatte er beschlossen, irgendwann einmal glücklich zu werden. Ohne Frau. Ohne eigene Familie. Das wusste er sicher – so jung er auch war.

Weil auch dieser kalifornische »Dad« keine Familie hat, anders tickt, vermutlich so wie er, glaubt er, dass das mit ihm vielleicht passen würde. Aber eine richtige Vorstellung von diesem »Dad«, also was ihm wichtig ist und wozu er einen Sohn sucht, hat er nicht.

Als die Eltern und Verwandten immer nachdrücklicher fragen, welches Mädchen aus ihrer Gemeinschaft ihm denn besonders gefalle, welches er mitbringen wolle, um mit ihr gemeinsam in der Bibel zu lesen, was ihm guttun und sie einander näherbringen und miteinander verbinden würde, hält er es nicht mehr aus. „Alles hat seine Zeit", steht in der Bibel. Und die Zeit zu handeln war nun auch für Elijah gekommen. Und zwar genau jetzt!

Ein „Bewerbungsschreiben" hat er noch nie verfasst. Eigentlich weiß er gar nicht, was das genau ist und wie so etwas auszusehen hat. Er denkt, dass er seine Geschichte vielleicht an der einen oder anderen Stelle ein wenig aufhübschen könnte. Aber dennoch scheint es ihm notwendig, überall dort, wo es darauf ankommt, bei der Wahrheit zu bleiben. Er will sein Leben schildern so wie es ist, ebenso will er aufrichtig sagen, warum er unter allen Umständen nach Kalifornien kommen möchte. Aber er würde mit diesem »Dad« auch an jeden anderen Ort auf der Welt gehen. Hauptsache fort von hier. Und am liebsten für immer. Die Schule wird er mit dem Beginn der Sommerferien Mitte Juli beendet haben. Nach acht Jahren ist hier für alle Schluss. Und dabei ist sein Wissensdurst noch lange nicht gestillt. Er würde gerne weiter lernen. Aber anderes als das, was ihm hier beigebracht wird.

Wenn er nur daran denkt, nach dem Ende der wenigen Schuljahre jeden Tag vom Aufgang der Sonne bis zu ihrem Untergang auf der Farm arbeiten, nur noch mit seinen Eltern zusammen sein, ständig ihren Fragen ausweichen und ihre Vorwürfe ertragen zu müssen, überfällt ihn blanke Panik. Er könnte dem von einer Sekunde zur anderen entkommen. Und er hat schon einige Male mit dem Gedanken gespielt, sich „ein Leid" anzutun. Er weiß jedoch nicht, wie und was er machen soll, damit es schnell und schmerzlos geht. Aber dieser Weg würde ihn das Seelenheil kosten. Und ewige Verdammnis wäre keine gute Option aus einer zeitlich begrenzten Misere, auch wenn sie ein ganzes Leben dauern sollte. Denn was ist die Spanne eines Lebens gegen die Dauer der Ewigkeit?

Mit diesem »Dad« tut sich jedoch unerwartet ein besserer Ausweg auf. Elijah hofft, jener könnte ihn so mögen, wie er ist und er dürfte zu ihm kommen. Vielleicht würde er ihn sogar adoptieren?

Jetzt, im Mai, da Frost und Schnee hinter ihm liegen und es schon heiß werden kann, sind die Felder bestellt. Die Ernte im Herbst will er nicht mehr auf der Farm erleben.

Die Sache mit Anuk, von der er diesem »Dad« erzählen will, liegt erst wenige Wochen zurück. Durch sie und mit ihm ist ihm bewusst geworden, wie und wer er ist, und wonach er sich vor allem anderen sehnt.

„Mag sein", fürchtet er, „dass dieser Dad das langweilig findet. Zu langweilig, um sich mit mir abzugeben. Für den mag es unbedeutend sein. Aber für mich ist es das nicht. Davon abgesehen kann ich nur über Dinge reden, die sich ereignet haben. Und mehr als das, worüber ich ihm schreiben will und kann, hab ich noch nicht erlebt".

Elijah weiß, dass er keine guten Karten hat, keine Trümpfe, die er ausspielen kann. Er könnte etwas erfinden, um sich interessanter zu machen. Aber das würde ihm früher oder später um die Ohren fliegen. Lügen, das weiß er, sind keine gute Basis. Für nichts. Er wird also bei der Wahrheit bleiben und alles genauso schildern, wie es sich zugetragen hat.

Er glaubt, dass es kein Zufall ist, dass er ausgerechnet in dieser Zeit das Magazin gefunden und die Annonce gelesen hat. „Dad sucht Sohn". Denn sucht und braucht er umgekehrt nicht auch einen Dad? Und zwar genau jetzt.

Zufälle, davon ist er überzeugt, gibt es nicht. Alles hat seinen Sinn. Aber nur der begreift ihn, der sich darum bemüht, die Zeichen, die ihm gesandt werden, zu erkennen und zu deuten. Und dann die Gelegenheit beim Schopf zu fassen.

Sie hat ihn schon geprägt, die Umgebung, in der er aufgewachsen ist.

„Dad sucht Sohn" und „Sohn sucht Dad". Passt doch wunderbar. Er will, dass der Mann ihn zu sich einlädt, dass er bei ihm bleiben kann, zumindest für's Erste. Elijah weiß ja schon, was und zu wem er eigentlich will. Aber erst einmal muss das mit dem Sohn klappen, muss er von dieser Farm, von diesem Ort, aus dieser Umgebung wegkommen, die alles andere als eine Idylle für ihn ist. Er kann nur gewinnen. Zu verlieren hat er nichts. Obwohl der Mann ihm mit 30 Jahren schon ziemlich alt erscheint – mehr »Grandfather« als »Dad«.

„Wenn der nur keinen Bart hat wie alle Männer hier. Dann wär schon viel gewonnen", denkt Elijah. Aber ein anderer, vielleicht jüngerer Mann, von dem er hoffen könnte, dass er ihn und seine Notlage verstehen und ihm helfen würde, ist nicht in Sicht. Und daher muss er es mit diesem probieren. Denn einfach nur wegzulaufen, es ohne Hilfe zu versuchen, wäre aussichtslos. Allein, das fühlt er genau, käme er in der fremden Welt nicht zurecht. Wie sollte er überhaupt dorthin gelangen? Und wovon sollte er dort und auf dem Weg zu ihr leben? Nein! Er muss jemanden haben, der ihm hilft, der ihn unterstützt, der ihm zeigt, wie das Leben bei den „Englischen", so nennen sie alle, die außerhalb ihrer Gemeinschaft stehen, geht, jemand, der erfahren und mit ihm in der ersten Zeit zusammen ist. Die „Ferien" könnten, da war er sich sicher, nur der Anfang sein. Und dann würde und musste sich mehr ergeben. Zurück konnte und wollte er nicht. Das Risiko, das er einging, schien ihm überschaubar zu sein. Es war ja nur ein »Spiel«. Genauer gesagt ein »Rollenspiel«. Und spielen konnte er. Darin war er sogar richtig gut. „Spiel ist Spiel und Ernst ist Ernst" dachte er, da kann ich ihm etwas bieten. Und wenn es vielleicht auch um noch andere Spiele ging als die Brett- und Kartenspiele, die er kannte und die in seinem Umfeld erlaubt waren, dann war er neugierig darauf, sie kennenzulernen. Vielleicht genügte es auch, den Jungen zu spielen, der er war? Also der er wirklich war? Nichts würde leichter sein und ihm größere Freude bereiten als das.

Er wartet, bis seine Eltern aus dem Haus gegangen und mit der Kutsche abgefahren sind. Endlich einmal allein. Endlich ungestört. Sie sind furchtbare Kohlenbeißer, diese harten und strengen Eltern, die ihre Farm so gut wie nie verlassen. Außer sie besuchen einen Gottesdienst, der reihum in der Scheune irgendeiner Farm ihrer Glaubensgemeinschaft oder in einem Wohnzimmer stattfindet, oder sie schauen bei Verwandten vorbei anlässlich einer Familienfeier oder gemeinsamen Bibellesung. Die immer gleichen Gesichter und Gespräche der Onkel und Tanten, Cousinen und Cousins, Vettern und Basen – manchmal werden auch noch die öden, niemals lächelnden Nachbarn eingeladen –, langweilen ihn zutiefst. Viele mögen das kuschelig finden – also das mit dem aufeinander hocken. Aber ihm gefällt das überhaupt nicht. Er fühlt sich von ihnen erdrückt. Und was die „Nestwärme" angeht, von der sie so schwärmen, die empfindet er weniger als wohlige Wärme, sondern mehr als Höllenfeuer, in dem er schmort, das ihn verzehrt und langsam, aber sicher zu Asche verbrennt. Was er empfindet, wie er sich fühlt, interessiert jedoch nicht. Meistens muss er mit zu diesen verhassten Treffen. Heute aber gelingt es ihm zu Hause zu bleiben.

„Magenkrämpfe", sagt er ein wenig schlitzohrig. „Magenkrämpfe".

Er hat wirklich »Bauchschmerzen«, weil er das deftige, nach uralten deutsch-schweizerischen Rezepten zubereitete Essen, das seine Mutter ihm vorsetzt, einfach nicht verträgt.

Sie glauben ihm seine »Lüge«. Aber eine Lüge ist es eigentlich nicht. Noch nicht einmal eine Notlüge. Nur eine Ausrede – oder besser: die halbe Wahrheit. Denn wenn er richtig in sich hineinhorcht, dann ist da in seinem Inneren wirklich etwas, das bedrohlich grummelt und zu heftigen Krämpfen ausarten könnte.

Er muss also diesmal nicht mit auf die Kutsche und wird nur zu einer Wärmflasche und der obligatorischen Kanne ungesüßten Kamillentees verdonnert. Letzteres ein Mittel, das gegen alles hilft. Nur nicht gegen den Tod – also noch jedenfalls nicht. Vielleicht haben sie nur noch nicht das richtige Gebet gefunden, das beim Trinken dieses Gebräus gesprochen werden muss – und dann kapituliert auch der Tod vor ihrem »Gebet mit Kamillentee«.

Diese seltene Gelegenheit des Alleinseins muss er nutzen. Er räumt also das Geschirr vom Holztisch in der Küche, an dem er eben noch mit ihnen zu Mittag gegessen hat. Wieder einmal hat es diese unsäglichen „Saumagen Knedel" gegeben. Ein Gericht, das ihm zum Hals heraushängt, genau wie die Rübchen, die in allen Variationen ständig auf den Tisch kommen. Nach dem Abräumen wischt er den Tisch sorgfältig ab, damit er keine Fettflecken auf dem Briefpapier hinterlässt.

Elijah hat eine schöne, individuelle, gut lesbare, jungenhafte Handschrift. PC, Laptop, Drucker, Handy und andere Kommunikationsmittel, noch nicht einmal eine altmodische Schreibmaschine gibt es in seinem Zuhause. Zum ersten Mal sieht er darin einen Vorteil. Durch ständige Übung hat er sich eine saubere Schrift zugelegt. Und richtige Briefe schreiben kann er auch, bis auf ein paar Eigenheiten im Ausdruck, die charmant wirken, wie – ja, wie vielleicht gesprochene Sprache mit einem dezenten französischen Akzent. Also im Schreiben ist er gut, im Unterschied zu anderen seines Alters. Das heißt, im Vergleich zu »Stadtjungen«, die im selben Jahr wie er geboren wurden und deren kommunikativer Austausch sich auf das Versenden und Empfangen kryptischer Kürzel und mehr oder weniger aussagekräftiger Emojis beschränkt, die Elijah natürlich unbekannt sind.

Er legt einige Bögen besseres Schreibpapier mit einem Wasserzeichen vor sich hin, die er eigens zu diesem Zweck in der Stadt besorgt hat. Er schreibt, wie es ihm gerade einfällt, ohne sich Gedanken um eine Gliederung oder das dramatische Konzept zu machen. Keine Zeit. Wenn er den Brief jetzt nicht beginnt, dann schafft er es nie.

Es ist Sonntag, 14 Uhr.

2

BEWERBUNGSSCHREIBEN

Farm der Landauers. Sonntagnachmittag, 14 Uhr

Hallo Dad,
so darf ich dich doch nennen? Es klingt noch fremd, weil ich dich
nicht kenne und nichts von dir weiß. Aber das wird sich hoffentlich
bald ändern.

Ich bin **[1] alt und heiße Elijah. Ich lebe auf einer kleinen Farm
in Pennsylvania. Im Stall stehen achtzehn Kühe. Auf der Weide gra-
sen während des Sommers unsere vier Pferde und im Hühnerstall
gackern zwei Dutzend Hühner. Ich mag Spiegeleier, Omeletts, und
ganz besonders Rührei mit Bohnen, aber ohne Speck.

Wir sind, und das erschreckt dich hoffentlich nicht, **[2], was die
Arbeit auf der Farm mühsam macht. Meine Eltern sind fromm und
sehr sehr streng. Alle Technik halten sie für Teufelszeug. Deshalb gibt
es keine Elektrizität und keine Maschinen auf unserer Farm. Und
das ist auch der Grund, weshalb wir unsere Milch nicht verkaufen
dürfen: wir können sie nämlich nicht kühlen. Aber das ist nicht der
einzige Nachteil. Alles muss von Hand erledigt werden. Das lesen sie
aus der Bibel – „im Schweiße deines Angesichts…" du weißt schon.
Aber natürlich kann in der Bibel nichts von Maschinen stehen, die
vielleicht erlaubt sein könnten. Traktoren und Landmaschinen wa-
ren zur Zeit der alten Propheten einfach noch nicht erfunden. Und

---

1   Leider gibt es an dieser Stelle des Bewerbungsschreibens, in dem Elijah sein Alter nennt,
    einen Papierdurchbruch. Und es ist nicht ersichtlich, welches Alter Elijah nennt.

2   Aus Gründen der „political correctness" haben wir uns entschlossen, den Namen der
    täuferisch-protestantischen Glaubensgemeinschaft, der Elijah und seine Eltern angehören,
    hier nicht zu nennen.

schweißtreibend wäre die Arbeit im Hochsommer trotz der Hilfe durch Maschinen ja auch heute noch. Und damit wäre erfüllt, dieses „im Schweiße sollst du…", wenn man es wörtlich nimmt. Aber das Argument zieht bei ihnen leider nicht.

Die Tracht, in der hier alle herumlaufen, ist unterirdisch. Ich fühle mich schrecklich in meinen schlabbrigen Hosen, den grässlichen Hosenträgern, den viel zu weiten Hemden und dem Pagenschnitt. Andere Haarschnitte sind nicht erlaubt. Wer sie schulterlang tragen wollt, dem würden sie „Saukerl" nachschreien. Und wer sie sich abschneiden lassen würd, um sie kurz zu tragen, von dem würden sie vermuten, dass er etwas Schlimmes getan haben muss. Denn die Haare abzuschneiden wird bei uns als schwere Strafe verhängt. Als ich mich einmal dagegen aufgelehnt hab, hat mein Vater mich mal wieder grün und blau geschlagen. Mit der Hand ins Gesicht. Und dann mit der Peitsche auf die nackte Haut. Überall hin. Ich hab mich gewunden unter seinen Schlägen. Mein Vater war immer schon schnell dabei, eine Peitsche zu nehmen, mich blankzuziehen und mir dann eins drüber zu geben. Er denkt, sein Glaube gebietet ihm das. Denn es steht geschrieben bei den Sprüchen Salomons, glaub ich, jedenfalls ist es ein Kapitel 13, die genaue Versnummer fällt mir jetzt grad nicht ein: „Wer seine Rute schont, der hasst seinen Sohn; wer ihn aber lieb hat, der züchtigt ihn beizeiten." Er hat den Satz so oft gesagt, wenn er mich verprügelt hat, dass ich ihn auswendig kenne. Na ja: Immer wenn's soweit war, hab ich nur gedacht: Jetzt setzt's wieder Kapitel 13. Manchmal hab ich bewusst etwas falsch gemacht und bekam, was ich, wie er meinte, verdient hatte, und was ich, wie ich wusste, irgendwie auch wollte. Denn wenn er mich geschlagen hat, hab ich mich gespürt, hab ich mich lebendig gefühlt und da war noch was anderes. Er gab sich streng, aber vielleicht gefiel es ihm auch, seinen Sohn auszupeitschen? Obwohl sie behaupten, dass sie jede Form der Gewalt strikt ablehnen. Aber halt eben doch nicht wirklich jede.

Ich darf nur manchmal in die Stadt. Sie ist zehn Meilen von hier entfernt, heißt Shawnees Rock und ist öde und langweilig wie alles hier. Bis auf einen Platz, auf dem meistens was los ist, an dem wir jedoch immer schnell vorübergehen. Ich schreib „wir", denn ich bin nie allein unterwegs. Immer sind andere von uns dabei – damit nichts »Schlimmes« passiert. Aber es hat noch nie irgendein Problem mit denen aus der Stadt gegeben. Die lachen höchstens über uns, wenn die uns im Pulk marschieren sehen. Ich kann sie verstehen. Wir sehen komisch aus mit unserer Einheitsfrisur, unserer Kluft, den weiten Hosen und den schwarzen Hüten. Wie aus der Zeit gefallen. Ich finde die Stadtjungs schön in ihren engen Jeans. Es ist gut zu sehen, was sie verbergen sollen. Ich frag mich, ob sich manche nicht noch was in die Hose stopfen, hinten und vorne, um noch eindrucksvoller auszusehen. Aber vielleicht ist das auch alles echt, was großartig wäre. Mir gefällt ihr Körper hunderttausendmal besser als der eines Mädchens. Es ist einfach nur schön, sie anzusehen. Ich stell es mir wunderbar vor, sie zu berühren und das größte wäre, einmal einen in den Arm zu nehmen. Aber ich hab keine Chance, an einen von ihnen heranzukommen. Ich trau mich noch nicht einmal, sie richtig anzuschauen. Und das ist so gewollt. Denn tatsächlich gehen die anderen nicht mit zu unserem Schutz. Sie sind vielmehr unsere Aufpasser. Also: Einer passt auf den anderen auf, damit er „auf dem rechten Weg" bleibt und nicht „in die Irre" geht. Sie sagen: Der Verführer und die Verführung lauern überall. Ein Beispiel? Es gibt in der Stadt einen Platz, auf dem manchmal ein paar Leute Straßenmusik machen. Einer von denen spielt sehr gut Saxofon. Das würd ich mir gern anhören. Aber ich darf noch nicht mal stehenbleiben. Weil es »Teufelsmusik« ist – und der Satan das Instrument erfunden haben soll. Denn wenn es den Ohren Gottes angenehm gewesen wär, würd es in der Bibel vorkommen. Und David hätte neben der Harfe vielleicht auch Saxofon gespielt. Ich darf noch nicht einmal eine Flöte haben, obwohl von Flöten in der Bibel die Rede ist oder auch von Posaunen und Trompeten. Niemand spielt irgendein Instrument bei uns. Auch nicht heimlich. Wär bei Trompete oder Posaune allerdings auch schwierig. Und Posaune würde unserem Farmhaus vielleicht so schlecht bekommen wie den Mauern von Jericho. Aber das ist nicht der Grund. Sie schauen genau hin, dass keiner aus der Reihe tanzt und sich für was »Besonderes« hält. Damit nichts besser oder schöner ist als das, was alle haben und können, dürfen noch nicht einmal die Puppen der Mädchen Gesichter zeigen. Alles muss 08/15 sein. Kein Wunder, dass ich es wegen der Aufpasser auch nicht in die Bar geschafft hab, die es in unserer Stadt gibt. Das Einzige, was in ihr richtig besonders ist. Aber die Bar hat einen „schlechten" Ruf. Keiner von uns war da jemals drin und daher kann eigentlich niemand etwas von ihr wissen. Aber an der bunten Fahne, haben sie gesagt, könnt man erkennen, was das für ein Teufelsloch ist. Und grade das hat mich neugierig gemacht. Ich hab mich mal vor dem Eingang hingekniet und so getan, als müsst ich einen Schuh zubinden. Die anderen sind weitergegangen. Es kam jedoch niemand heraus und es ging niemand hinein. Die Tür war geschlossen und ich konnt nicht hineinsehen. Vermutlich hat's daran gelegen, dass es gegen Mittag war. Es war auch sonst kaum jemand unterwegs, weil alle beim Essen waren. Ich hab dann zufällig das Magazin im Papierkorb gesehen, es mir rasch geangelt und unter meinem Hemd versteckt. Zu überlegen gab's da nichts. Einer aus der Bar muss es weggeworfen haben. Ich hab's auf dem Klo zu Hause durchgesehen und deine Annonce gefunden. Was für ein Glück, dass ich genau diese Ausgabe aus dem Papierkorb geangelt hab. Sonst hätt ich deine Annonce nie gelesen. Die Bilder im Magazin hab ich mir auch angesehen. Klar gab's ein paar, die mir ganz gut gefallen haben. Und klar hab ich's mir beim Anschauen gemacht. Aber echt interessiert hat mich nur deine Anzeige. Ich hab sie rausgerissen und tief in der Hosentasche verschwinden lassen. Sie hat da direkt neben – du weißt schon – gesteckt. Ich hab sie also warm gehalten. Von diesem Moment an warst du mir nah und ich hab was von dir gespürt. Den Rest hab ich verbrannt, bevor meine Leute das Magazin bei mir finden.

Weiter als bis Shawnees Rock bin ich noch nie gekommen. Deshalb bin ich so gespannt auf Kalifornien. Von Kalifornien weiß ich nur, dass es den Staat gibt. Aber sonst hab ich davon keinen Schimmer. Zwar kommt jede Woche unsere Zeitung. Aber da stehen nur

Familiensachen und Farmerkram drin. Ich kann damit nichts anfangen. Gesehen hab ich von der Welt noch nichts. Aber manchmal kommt die Welt zu uns. Was heißt die Welt? Eigentlich sind es immer nur einzelne Jungs, die von irgendwoher für eine Woche zu uns kommen, um ein Praktikum zu machen. In dieser „Schnupperwoche" sollen sie einen Eindruck von der „traditionellen Landwirtschaft" bekommen, die es woanders kaum mehr gibt.

Wie ich es hasse, dieses Wort: „traditionell".

Das mit den Praktikanten machen wir schon lange. Denn das ist ein staatliches Programm und wer daran teilnimmt, bekommt Geld dafür. Und Geld brauchen wir auch. Obwohl wir uns selbst versorgen, müssen wir doch manches zukaufen.

Einige Praktikanten, besonders Jungs aus der Stadt, fanden das Leben und alles um uns herum lächerlich. Sie haben ständig gekichert, sich dumm angestellt und an nichts Interesse gezeigt. Sie haben noch nicht mal mit mir geredet. Dabei wollt ich so viel wissen und ich war gespannt auf sie. Ich glaub, sie haben mich für zurückgeblieben gehalten. Und meine Fragen waren für sie kein Zeichen der Neugierde, sondern der Dummheit. Kein Wunder, so wie ich herumlauf oder herumlaufen muss. Manche haben gedacht, wir spielen das für sie und alles ist nachgebaut, ein Museumsdorf wie eine von den alten Geisterstädten aus der Zeit des Wilden Westens, irgendwo im Nirgendwo, Tombstone ist so eine, auch Santa Fe, und ja, Silver City, also solche mit Bretterbuden, dem Haus des Sheriffs und dem Saloon, vor dem man die Pferde an einer Stange anbindet und Statisten Schießereien spielen und so. Nur dass es bei uns keinen Saloon gibt und auch keine Schießereien. Das Schlimmste, was hier passiert, ist, dass sie jemandem den Bart abschneiden. Das trifft denjenigen, dem das „angetan" wird, wie eine Kugel. Oder schlimmer noch. Bei einer Kugel wär er tot – aber mit der Schande wegen des abgeschnittenen Bartes muss er leben. Ich lach drüber. Innerlich nur. Nur innerlich. Die Stange zum Anbinden der Pferde gibt es bei uns allerdings schon. Sogar vor jedem Haus. Wir fahren ja noch mit Pferdekutschen, wenn wir jemanden in einem anderen Dorf oder auf einer anderen Farm besuchen. Oder wir reiten hin, wenn der Weg zu Fuß zu weit ist.

Dafür und zum Ackern oder zum Einbringen der Ernte brauchen wir die Pferde. Ich hab noch nie in einem Auto gesessen und noch nie ein Lenkrad angefasst. Also hier ist nichts gespielt und nichts ist Fassade. Alles ist wirklich so, wie es aussieht. Ich hab mich für unsere Rückständigkeit geschämt. Aber ich hab mich auch über einige Praktikanten geärgert. Manche waren zu ungeschickt, um eine Leiter hochzusteigen, eine Mistgabel zu halten oder sie haben sich vor den Tieren gefürchtet, obwohl die niemandem etwas tun. Mit denen war nichts anzufangen. Nicht im Stall und auch nicht auf den Feldern. Die waren falsch auf unserer Farm. Alle waren froh, wenn die wieder gegangen sind. Sie und wir. Ach ja, ich hab vergessen zu erwähnen, dass die Jungs uns von einer Organisation zugeteilt werden, die sich um Gestrauchelte kümmert. Auch um Boys, die aus schwierigen Verhältnissen kommen, oder die sogar mit dem Gesetz in Konflikt geraten sind. Aber die, die bei uns gewesen sind, hatten nichts Schlimmes angestellt. Keine Mörder oder so. Keine hoffnungslosen Fälle. Sie arbeiten nach einem festgelegten Programm auf verschiedenen Farmen und in Werkstätten, um herauszufinden, ob etwas darunter ist, das ihnen gefällt, sodass sie es erlernen wollen. Und vielleicht finden sie dabei auch den Ort oder die Gegend, wo sie später einmal leben möchten. Jede Farm und jede Werkstatt stellt ihnen ein Zeugnis aus. Am Ende ihrer Praktika bekommen sie dann eine „Sozialprognose", ein „Empfehlungsschreiben" und eine „Prämie" als Belohnung, weil sie durchgehalten haben. Auch wir bekommen für jeden, der bei uns ist, wie ich schon gesagt hab, Geld. Aber vielleicht machen wir es auch, weil wir hoffen, einem von ihnen würd unser Leben gefallen und er tritt unserer Gemeinschaft bei. Aber das ist noch nie vorgekommen. Die Jungs sind vielleicht nicht astrein – aber sie sind nicht blöde.

Es hat ein paar Praktikanten gegeben, die haben versucht, nett zu sein. Aber nur einer war es wirklich. Also ich meine An…

Mist! Mist! Mist! Ich hör, wie die Kutsche auf den Hof fährt. Der Herr Vater spannt nur noch die Pferde aus und führt sie in den Stall. Meine Mutter wird Gemüse aus dem Garten und Eier aus *dem Hühnerstall holen. Und in zehn Minuten – spätestens – werden sie auf der Matte stehen und fragen, was meine „Leibschmerzen" machen, was ich die ganze Zeit getan hätt. Was Eltern halt eben so fragen. Wie jedes Mal, wenn ich es schaffe, zu Hause zu bleiben und sie von irgendwo zurückkehren. Aber was ist bei uns nicht wie jedes Mal?*

Sorry. Ich muss Schluss machen. So schnell hab ich nicht mit ihnen gerechnet. Ich schreib aber weiter, sobald es geht…

3

ANUK

Farm der Landauers. Montag. 23.00 Uhr

Migräne. Meine Mutter hatte Migräne. Deshalb sind sie gestern früher nach Haus gekommen. Ich weiß nicht, ob sie wirklich welche hatte. Oder ob es eine «Migräne» von der Art war, wie ich »Bauchschmerzen« hab. Vielleicht geht ihr dieses „Glucken" mit den Verwandten ja auch auf die Nerven? Und dass nur die Männer das „große Wort" führen und über alles genau Bescheid wissen? Und die Frauen nicht mitreden dürfen, weil sie „nichts zu sagen" haben? Vielleicht ist das so. Aber vielleicht haben sie auch nichts zu sagen, weil sie nicht mitreden dürfen? Ist auch egal.

Wunder dich nicht. Das ist jetzt ein anderes Papier und meine Schrift ist nicht so gut. Aber ich schreib in mein Rechenheft, weil ich das Schreibheft und das schöne Papier in der Dunkelheit oben in meinem Zimmer nicht gefunden hab. Ich sitz unten am Küchentisch und hab nur eine Kerze. Die Eltern liegen schon lange im Bett.

Also der Praktikant, in den ich mich verliebt hab, heißt Anuk. Er ist ein junger Mandan aus dem großen Reservat in North Dakota, wo seine Leute neben den Arikara und Hidatsa leben. Viel von ihnen scheint es nicht mehr zu geben.

Als er zu uns kam und ich ihn zum ersten Mal gesehen hab, ist mir die Spucke weggeblieben und es ist etwas passiert in mir. Ich fang erst lieber gar nicht damit an, dir sein Aussehen zu beschreiben. Denn dann würd ich mit diesem Brief an dich nie fertig. Und ich will dir ja auch nicht ihn, sondern mich vorstellen.

Mein Vater hat mir befohlen, mich um Anuk zu kümmern. Er mochte ihn nicht. Schon vom ersten Moment an. Er hat ihm auch nichts zugetraut. Zu anmutig sein Körper. Zu fein seine Hände. Zu weich sein Gesicht. Zu lang seine schwarzen Haare. Zu eng seine

25

Hose. Zu offen sein Hemd. Zu dunkel seine bronzefarbene Haut. Das hat meinen alten Herrn sofort gegen ihn eingenommen. Mir dagegen hat Anuk vom ersten Augenblick an gefallen. Und wie! Mit seinem Stirnband im Haar. Dem Anhänger in seinem linken Ohr. Und dem Amulett an bunten Fäden um seinen schlanken Hals. Und dann die Mandelaugen. Ein bisschen geschlitzt. Wie bei einer Wildkatze. Weißt du, er hat etwas von einem Jungen und von einem Mädchen. Seine Wimpern sind schwarz und lang. Und die Lippen seines Mundes sehen weich aus. Irgendwie weich und saftig. Und ich hab gewusst, wie sie sich anfühlen, bevor sich unsere Münder begegnet sind. Das heißt doch schon etwas. Oder? Über seiner Lippe hat er ein kleines Muttermal. Das hat mich gleich angezogen wie ein Magnet. Ich hätt es gerne berührt und vorsichtig meinen Mund darauf gedrückt… Wenn er lächelte, sind seine weißen Zähne aufgeblitzt. Zum ersten Mal hab ich auf Zähne geachtet. Und zum ersten Mal fand ich Zähne schön. Ich hab gedacht, so sieht der Sohn eines Häuptlings aus. So stolz und schön. Ich weiß, dass das Unsinn ist. Denn schön kann jeder sein. Unabhängig davon, wer sein Vater ist oder was er macht. Vielleicht sind Kinder armer Leute sogar schöner als die von Reichen? Einfach, weil es mehr von ihnen – also von uns – gibt, und deshalb auch mehr Schöne darunter sein müssen. Genau weiß ich das nicht, denn ich kenn keine Reichen. Bei uns sehen alle gleich aus. Vielleicht weil wir alle gleich angezogen sind? Ist auch nicht so wichtig. Jedenfalls weiß ich, dass das, was ich an Anuk gesehen hab, mein Vater ganz sicher nicht bemerkt hat.

„Ist aufgedonnert, wie eine «Bitch». „Was will der in seinem »Karnevalsaufzug«?", hat mein Vater gesagt, nachdem Anuk auf sein Zimmer gegangen war. Was immer das sein soll, eine „Bitch": Es war abwertend gemeint und sicher beleidigend. „Der kann nicht anpacken, keine Schwielen an den Händen. Aus dem wird nie ein Farmer. Und dann diese Haare. Wie können die uns sowas schicken? Ich hab keine Lust, mich mit dem abzugeben. Die reinste Zeitverschwendung. Verlorene Liebesmüh. Sieh zu, dass du ihn unter Kontrolle bringst und dass er die Woche durchhält. "

Du musst wissen, Dad – komisch, kaum hab ich ein paar Zeilen an dich geschrieben und schon geht es leicht von der Hand, dieses »Dad« – also, wir bekommen die Prämie von der Organisation nur dann, wenn der Junge, den wir als Praktikanten nehmen, bis zum Schluss bleibt und nicht vorher abbricht. Deshalb tun wir alles, um möglichst jeden durch die Woche zu bringen. Auch die Hoffnungslosen. Nur deshalb wurd er nicht gleich von meinem Vater zurückgeschickt. Ich fand ihn keinen Augenblick hoffnungslos. Im Gegenteil.

Also ich hab leicht genervt und eher beiläufig gesagt, dass ich mich um den Neuen kümmern würd. Ich würd ihn schon „hinbiegen" und „über die Runden" bringen. Aber in Wirklichkeit war ich mehr als froh, dass mein Vater seine Ruhe haben wollt und Anuk ganz mir überlassen hat.

„Und wehe, ich finde ein schwarzes Haar in der Milch oder sonstwo. Dann kann er sich mit meinem Zeugnis den dreckigen Indianerarsch abwischen". So denkt mein Vater – der so fromm tut.

„Mistkerl", hab ich gedacht, „Rassist". Aber gesagt hab ich: „Hab verstanden. Ich kümmer mich um ihn." Und dabei hab ich an Anuks Mund gedacht, das Muttermal über seinen Lippen – seine Hände, seinen Körper und an das andere.... Vielleicht krieg ich das mal zu sehen, wenigstens zu sehen, hab ich mir gewünscht. Oder vielleicht darf ich ihn sogar mal anfassen. Überall. Das wär das Größte für mich, hab ich gedacht.

Du merkst: Ich bin keins von diesen frommen Unschuldslämmchen wie die anderen hier. Ich stell mir Sachen vor, von denen die keine Ahnung haben. Glaub ich jedenfalls. Natürlich kann ich nicht wissen, was die anderen so denken. Es ist unmöglich sie danach zu fragen. Und über solche Dinge verliert niemand von denen ein Wort. Sie würden es rumerzählen, wenn ich sie fragen oder etwas von meinen Gefühlen sagen würd. Und dann könnt ich mich nirgendwo mehr blicken lassen. Sie würden mich ausstoßen aus der Gemeinschaft und ausschließen von allem. Als wäre ich die Pest. Es gibt keinen hier, der so ist wie ich. Eigentlich nirgendwo, soweit ich sehe. Das macht mich einsam.

Dad, ich weiß nicht, woher diese Lustgedanken kommen, die sie unzüchtig nennen würden. Andere fürchten sich davor, das 6. Gebot zu übertreten. Dafür gäb's Hölle, behaupten sie. Schon wenn man nur in diese Richtung denkt oder davon spricht, aber erst recht, wenn man etwas macht, was da verboten ist. Mir jedoch machen genau diese Sachen Spaß, die verboten sind. Mein Vater würd wieder einmal sagen, dass der Teufel dahinter steckt. Hätt er eine Ahnung, dass ich sowas im Kopf hab, würd er mich totschlagen. Schlagen kann ich gut vertragen. Daran bin ich gewöhnt. Und ich mag's inzwischen sogar irgendwie. Findest du das schlimm? Aber gleich totschlagen, das wär mir dann doch zu viel. Wie gut, dass mir niemand hinter die Stirn gucken kann.

Aber rasch wieder zu Anuk. Am nächsten Morgen bin ich Anuk wecken gegangen. Er hatte nur eine Shorts an. Er lag über dem Laken und ich hab zum ersten Mal seinen fast nackten Körper gesehn. Das hat mich umgehauen.

„Hi", konnt ich nur sagen, mit weichen Knien und einem Kloss im Hals: „Zeit aufzustehen. Gut geschlafen?"

„Es geht. Ich muss mich noch an den Atem von deinem Haus gewöhnen. Es ächzt wie ein uralter, vertrockneter Baum im Frühlingssturm. Und dann haben die Äste des Pekannussbaums aufs Dach geschlagen und an der Wand geschabt. Ich wusste erst nicht, was das war", hat er lachend gesagt und gefragt, wo die Dusche wär.

„Haben keine", musst ich antworten. Im Krug auf dem Tisch ist Wasser. Das kannst du in die Waschschüssel schütten und dich dann frisch machen.

„Kein Problem" hat er geantwortet. Er hat's gemacht und sich Gesicht und Oberkörper eingeseift, ohne sich zu beschweren. Auch das hat ihn von anderen Praktikanten unterschieden. Die haben auch Witze über das Plumpsklo im Hof gemacht. Aber sogar das war für Anuk o.k..

Keine Dusche, keine Wasserspülung und Klo auf dem Hof. So ist das bei uns nun einmal. Ich bin's gewöhnt. Aber mir ist es peinlich, wenn Fremde kommen.

„Soll ich dir das Handtuch geben?", hab ich gefragt, weil er Seife in seine Augen bekommen und kurz nichts gesehen hat.

Aber da hatte er es schon gefunden. Und er hat nur „danke, alles gut." gesagt.

„Schade", dacht ich. Ich hätt's ihm gern gegeben oder ihn abgerubbelt. Das Wasser bei uns ist ja immer eiskalt und tut weh, wenn man es sich ins Gesicht klatscht. Mir wenigstens.

Du glaubst nicht, wie schön und glänzend seine Haut gewesen ist, als sie nass war und die Tropfen an ihm heruntergelaufen sind. Es hat ihm nichts ausgemacht sich kalt zu waschen. Ich dagegen finde das grässlich.

Bevor ich wieder nach unten gegangen bin, hab ich gesagt, mit den Haaren müsst er aufpassen. Davon dürft keins in die Milch fallen. Sonst würd der »Chef« sich tierisch aufregen.

Ich hab Angst davor gehabt, dass ihn das ärgert. Aber er hat mich angesehen, gelächelt und gesagt: „Ich pass schon auf. Wirst sehen".

Als er dann in seinem Zimmer fertig war und runterkam, hatte er seine Haare zu Zöpfen gebunden. Lang, schwarz, glänzend sind sie ihm bis zur Hüfte gegangen. Eine gute Idee, hab ich gedacht und ihm zugenickt. Aber mein „Pa" hat nur den Kopf geschüttelt und die Augen verdreht. Du musst wissen: Zöpfe tragen bei uns nur die Mädchen, bis sie „unter die Haube" kommen.

Nach dem Frühstück hab ich ihm die Farm gezeigt und erklärt, wie wir arbeiten.

„Sorry", hab ich gesagt. „Einerseits freu ich mich für mich, dass du da bist. Andererseits tut's mir leid für dich, dass du ausgerechnet hier gelandet bist. Mitten im »Dark Age«. Unerwartete Zeitreise, was?"

„Ist schon o.k. Ich war zuletzt auf ´ner Weizenfarm in Kansas. Gewaltige Mähdrescher. Riesige Traktoren. In den Kabinen denkst du, du sitzt in einem Cockpit und gleich hebst du ab. Sorry, du kannst dir das ja nicht vorstellen. Aber alles ist übergroß, superfett, hypermodern. Die sind Tag und Nacht unterwegs. Nachts bei Flutlicht. Hell wie im Superdome. Die Körner verschwinden in gigantischen Silos. Da passen Güterzüge voller Getreide rein. Und noch mehr. Als hätten die ein Loch. Ich habe nirgendwo auch nur einen Sack aus Leinen gesehen wie hier bei euch. Alles läuft computergestützt. Keine Handarbeit. Alles auf dem neuesten Stand. Die Maschinen müssen Millionen kosten. Erst war ich begeistert. Aber das hat nur gehalten bis zum dritten Tag. Da habe ich gemerkt: Alles dreht sich um Weizen. Die haben nichts anderes im Kopf. Nur Weizen, Weizen, Weizen. Auch in der Landschaft. Nur Weizen. Von Horizont zu Horizont. Kein Baum. Kein Hügel. Kein Wald. Keine Nachbarn. Keine Stadt weit und breit. Sie sind Gefangene ihres Weizens. Seit Generationen schon. Und sie werden es immer sein. Und das Leben? Ich sage dir: Ein Tag wie der andere. Keine Abwechslung. Nie. Ich bin vor Langeweile fast gestorben. Es gab nur ein Thema, über das sie mit mir ständig gesprochen haben. Du wirst es kaum erraten: Alles hat sich um Weizen gedreht. Sie haben mir alles erzählt, was es dazu zu sagen gibt: die Vorbereitung der Felder, das Düngen, die Schädlinge und das Unkraut, das sie mit diesem oder jenem bekämpfen, und dazu kamen dann trockene Vorträge über Preisentwicklung und internationale Märkte, und, und, und. Das hat genervt. Das hätte für Agrar-Ingenieure gepasst. Aber für Praktikanten war es zu viel und zu hoch. Es waren nur ein paar ältere Leute da. Saisonarbeiter, mit denen nichts anzufangen war. Sie haben ihre Arbeit gemacht und sich sonst für nichts und niemanden interessiert. Erst recht nicht für mich. Ich stand ihnen nur im Weg. Sie haben auf mich herabgesehen. Das ist ja für mich und meine Leute nichts Neues. Und es war ihnen lästig, mir etwas zu zeigen. Ich war froh, als die Woche vorüber war."

„Dumm gelaufen, aber das ist sicher eine Ausnahme gewesen", hab ich gemeint.

„Von wegen" hat er gesagt. „Davor bin ich auf einer Farm in Missouri gewesen. Schweinezucht und -mast. Ich mochte die feisten Schweine nicht. Ich sollte Ferkel kastrieren. Ohne Betäubung. Weil das billiger ist und schneller geht. Ferkel, die zutraulich und sauber waren. Ich habe sie gemocht und denen gesagt, dass ich das nicht mache. Also das Kastrieren. Es würde mir auch nicht gefallen, wenn mir einer meine Eier abzwicken würde. Dir vielleicht? Und bevor es Diskussionen gab, habe ich gesagt, meine Religion würde mir das verbieten. Manchmal ist es für etwas gut, Indianer zu sein. Sie haben nicht weiter gefragt, sondern es geschluckt, aber sich trotzdem geärgert. Ich habe gemacht, was sonst so an Arbeit angefallen ist, und hab die Woche grade so geschafft. Aber meine Beurteilung war nicht so prickelnd: „Partielle Arbeitsverweigerung und fehlender Enthusiasmus". Ich brauche jetzt eine gute Beurteilung, die alles rausreißt, weil ich nur dann die Chance auf ein Stipendium bekomme. Ich will raus aus dem Reservat und, das weiß ich jetzt, auch weg vom Land. Missouri hat mir den Rest gegeben. Selbst das Schwimmen im Mississippi hat wegen des Schlamms keinen Spaß gemacht. Sie nennen ihn „Big Muddy" und er führt den Namen zu Recht. Gibt's hier einen sauberen Fluss? Vielleicht können wir dort mal schwimmen gehen? Weisst du Elijah, ich will in die Stadt. Am liebsten in eine große Stadt. Am allerliebsten nach New York. Im Vergleich zu dem, was ich gesehen habe, ist es bei euch hier gut. Mit gefällt es hier. Ich fühle mich wohl. Ihr tut dies und das. Keine Fließbandarbeit wie in der Getreide- oder Schweinefabrik. Es gehen keine teuren Maschinen kaputt. Ihr wisst, was ihr tut. Kühe sind o.k. und Pferde mag ich sehr. Eure Tiere haben Namen, keine Nummern. Was du mir sagst, werde ich tun. Ich will etwas lernen. Und du bist nicht viel jünger als ich. Endlich mal jemand, der altersmäßig passt. Ich finde dich wirklich nett. Und ich wäre happy, wenn wir uns verstehen. Ich denke, du hast es gut hier. Bis auf deine Klamotten und die Frisur. Die passt besser für Fünfjährige, obwohl dir das Gewuschel auf dem Kopf ziemlich gut steht. Sieht niedlich aus. Hat was von einem Welpen. Gefällt mir. Wirklich, du brauchst dich für nichts zu entschuldigen. Und zu schämen für etwas brauchst du dich erst recht nicht. Komm mal in mein Reservat: Schmutz, Müll und viele sind die meiste Zeit betrunken. Es ist trostlos. Einige Freunde von mir haben den Absprung nicht geschafft und haben sich umgebracht. Der erste, mit dem ich in die Schule gegangen bin, war gerade einmal neun, als er sich das Leben genommen hat. Meine Eltern sind bei einer Schießerei umgekommen. Sie waren zur falschen Zeit am falschen Ort und hatten mit der Auseinandersetzung nichts zu tun. Meine Schwester wurde vergewaltigt und für immer zum Schweigen gebracht. Das passiert oft und kein Hahn kräht danach. Es gibt nur Opfer, weißt du, aber niemals Täter. Erst recht keine Weißen. Damit haben wir uns abgefunden. Weitere Geschwister habe ich keine. Jedenfalls nicht, dass ich wüsste. Und den Verwandten gehe ich irgendwie auf die Nerven. Nur weil ich da bin. Nur weil es mich noch gibt. Nur weil ich anders leben will als sie. Sie nennen mich »Apfelindianer: Außen rot und innen weiß«. Ich bin aber nicht anders als sie – ich mag halt nur Saufereien und kiffen nicht. Sie meinen, ich würde mich für etwas Besseres halten. Aber das tue ich nicht. Mir wird nur schlecht von dem Zeug. Ich vertrage es nicht. Das ist alles. Und ich will raus aus diesem Leben, dort, wo keine Hoffnung ist. Ich habe nichts zu verlieren, nur zu gewinnen.«

„Das tut mir sehr leid", hab ich gesagt. „Da hab ich es hier schon besser. Umbringen musst du dich hier nicht, wenn du mit ihnen oder unter ihnen lebst und dich anpasst. Du stumpfst nur ab. Irgendwann wirst du schwachsinnig. Und eines Tages leidest du nicht mehr. Du fasst dich noch nicht einmal mehr selbst an, obwohl es eine kleine Freude ist, die nichts kostet und niemandem etwas wegnimmt. Du denkst noch nicht mal dran. Du machst nichts mehr. Sie holen dich von allem runter. Du reihst dich ohne Widerspruch ein in die ‚Gemeinschaft der Frommen'. Du gibst dich auf und wirst wie sie. Du funktionierst. Mehr verlangen sie nicht. Nur das. Auch ich will weg. Es gibt viele Gründe. Einer ist mir besonders wichtig. Aber das ist im Augenblick egal. Es gefällt mir, was du denkst, was du sagst und wie du aussiehst. Vor allem mit deinen Haaren. Auch um die beneide ich dich. Wir kommen bestimmt miteinander zurecht. Sag, wenn etwas ist, und frag, was immer du willst. Es gibt hier den Delaware River. Aber da kommt man ohne Auto nicht hin. Man darf drin schwimmen – aber der Fluss ist gefährlich und von uns zu weit weg. Schwimmen kann ich übrigens nicht. Ist bei uns nicht angesagt. Und dafür ist auch keine Zeit. Und jetzt komm. Ich zeig dir unser Land."

Dad, er hat von seinen „Eiern" gesprochen. Und von meinen. Auch wenn es nur um's Kastrieren ging. Aber klar wollt ich, dass er seine behält – und ich meine. Und ich hab gedacht, dass das ein gutes

Thema sein könnt. Auch das mit dem „selbst anfassen". Aber darauf ist er nicht angesprungen. Schade. Ich hab ihm einen Arm um die Schulter gelegt wie bei einem Freund, den ich gerne in ihm gehabt hätte, und wir sind in den Pferdestall gegangen. Das mit dem Arm von mir auf ihm war für ihn ok. Er hat nicht gezuckt oder ist mir ausgewichen. Im Gegenteil. Er hat mit seiner Hand in meine Haare gefasst und sie von unten nach oben durch seine Finger gleiten lassen wie durch einen Kamm. Er hat nur „tolle Matte, weich, fühlt sich gut an" gesagt. Sonst nichts. „Wenn du meinst", hab ich gesagt und mich gefreut über seine Zutraulichkeit.

Als wir an den Pferdeboxen standen, hab ich ihn gefragt: „Kannst du reiten oder hast du Angst vor Pferden?"

„Ja, ich meine nein, ich habe keine Angst vor Pferden. Und ja, ich kann auch reiten, sogar ohne Sattel. Vielleicht ein letztes Gen der Alten, das noch eingeschaltet ist und funktioniert," hat Anuk lachend gesagt.

„Gut. Dann weiß ich, welches Pferd ich dir geb. Es ist nervös, wenn man ihm einen Sattel auflegt. Später beruhigt es sich. Vielleicht ist es das letzte, das noch von einem Mustang bei ihm übrig ist. Kann sein, dass ihr euch deshalb gut versteht."

„Bereit?"

„Bereit!"

„Dann los!"

Ich hab ihm das Pferd gezeigt, das er nehmen soll. Den Falben. Wir nennen ihn „Dancer", wegen seiner Nervosität. Er hat Dancer aus dem Pferdestall geführt. Er wollt ihn ohne Sattel reiten. Als beide draußen gestanden haben, hab ich mich sehr nah neben Anuk gestellt. Um ihm aufzuhelfen. So hab ich die Wärme seines Körpers gespürt und die Luft eingeatmet, die in seinen Lungen war. Das hat mir sehr gefallen.

Du merkst, Dad, ich hab ihn gleich sehr gemocht. Und ich weiß, er hat auch etwas übrig für mich. Dann hab ich meine Hände ineinander verschränkt. »Räuberleiter«. Anuk hat einen Fuß in meine Handflächen gesetzt und sich dann hinaufgeschwungen. Ich hab ihm mit einer Hand unter seinem Hintern einen Push versetzt. Dancer hat wie immer ein wenig getänzelt und mehr der Form halber denn aus Protest gewiehert. Anuk hat sich vorgebeugt, ihn sanft getätschelt und ihm etwas ins Ohr geflüstert. Da ist er gleich ruhig geworden und hat darauf gewartet, dass es los geht.

Ich hab also beim Aufhelfen ein paar Sekunden Anuks festen, knackigen Hintern in meiner Hand gespürt. Und als Zugabe auch noch einen Blick zwischen seine Schenkel riskiert, als er breitbeinig auf Dancer gesessen hat. Davon hab ich einen Ständer bekommen. Es war mir peinlich, denn es war nicht zu übersehen, trotz der weiten Hose. Aber er hat nichts bemerkt, glaub ich. Ich hab also Lust auf ihn gehabt. Aber da war noch mehr.

Als wir losgeritten sind, hat er einen Indianerschrei ausgestoßen. Nur so zum Spaß. Vielleicht war es auch gar kein echter und er hat ihn erfunden? Wir haben beide gelacht. Manchmal haben wir ein Wettrennen veranstaltet. Danach ging's wieder in leichtem Trab.

Einmal hab ich mich zurückfallen lassen. Ich hab von hinten gesehen, wie Anuks Keksarsch den Rücken von Dancer geküsst hat. Da hab ich's mir gemacht. Beim Reiten. Ich hab in die Mähne von Thunder gespritzt, der sich wirklich wie Donner anhört, wenn man ihn laufen lässt. Ich hab, nachdem ich gekommen war, einen Jauchzer losgeschrien, und dann zum Schlussspurt angesetzt. Thunder war nass, als wir wieder auf der Farm angekommen sind – nicht nur vom Schweiß.

Dad, ich musst es mir machen, sonst wär ich explodiert. Es war vielleicht wild und roh und derb, obwohl Anuk mir irgendwie heilig war. Ich hab mich ja auch ein wenig geschämt. Weil ich mich nicht beherrscht und ihn in meinen Gedanken benutzt und beschmutzt hab irgendwie. Und trotzdem war es mir schön. Und schön war es, weil e r so schön war. Und ich ihn unbeschreiblich mochte. Ich hab mich von ihm angezogen gefühlt wie von einem Magnet. So, als würden wir zusammengehören und hätten schon immer zusammengehört, auch als wir uns noch gar nicht kannten. Als wären wir zwei Hälften, die sich jetzt gefunden hätten. Ich hab mich ihm nah gefühlt. So etwas hab ich vorher noch nie gespürt. Ich kann es nicht besser sagen und hoff, dass du weißt, was ich meine.

Nachdem wir wieder zurück waren, hab ich Anuk gezeigt, was es zu tun gibt und was er machen könnt. Im Pferdestall war es leicht für ihn. Ein- und ausspannen, striegeln, ausmisten, füttern, und was so zu tun ist in jedem Pferdestall. Die Hühner und den Gemüsegarten macht meine Mutter. Obwohl sie es nicht sein dürft: Sie ist »stolz« auf ihr Obst und Gemüse. Im Sommer und Herbst ist sie ständig mit Einmachen für den Winter beschäftigt. Ihr „Heiliges Gartenreich" darf niemand betreten. Da gab's für Anuk also nichts zu tun. Was Kühe betrifft, wusst er nichts. Rein gar nichts. Ich hab mich darauf gefreut, ihm alles Notwendige zeigen und beibringen zu können. Auf diesem Gebiet würd ich sein Meister sein.

Wir haben uns gut verstanden, von Anfang an. Haben rumgealbert, und wenn´s keiner gesehen hat, auch in der Scheune ein wenig miteinander gerauft. Gleich am zweiten Tag. Es hat sich gut angefühlt mit ihm. Wir haben es beide genossen miteinander zu ringen, Griffe anzuwenden, um den anderen rumzukriegen, aufeinander zu liegen, uns abwechselnd zu besiegen. Wir sind uns nah gekommen. Nicht immer haben wir die Regeln der erlaubten Griffe beachtet. Manches ist aus Zufall geschehen. Aber vieles war Absicht. Wir haben uns keuchend angeatmet. Aber mehr getraut haben wir uns noch nicht. Und dann ist es uns beiden passiert. Wir haben beide den anderen gespürt. Und dann haben wir aufgehört. Vielleicht, weil wir beide überrascht waren und keiner richtig wusste, wie es passend weitergeht. Keiner wollt etwas Falsches machen.

Er hat mich angelächelt, als wir uns später beim Vespern gegenüber saßen. Ich hab's als gutes Zeichen genommen. Bereut hat er jedenfalls nichts. Unter dem Tisch haben wir uns mit den Füßen berührt.

Am dritten Tag, als wir allein in der Scheune waren, hat Anuk mit dem Ringen angefangen.

„Komm her, Sohn des Farmers."

„Ich zeig's dir, wilder Büffel."

Was man so sagt aus Spaß, wenn man sich gut versteht.

Klar hab ich mehr als gern mitgemacht. Wir haben uns heftig gegenseitig rangenommen. Schad, dass er nicht nur einen Lenden-

schurz angehabt hat. Und dann bin ich gekommen. Ohne dass ich es schon gewollt hab. Eigentlich wollt ich damit warten bis auch er … und wir vielleicht zusammen… Ich hab „sorry" gesagt und dass ich dringend wohin müsst. Und dann bin ich mich schnell waschen gegangen. Ich weiß nicht, ob er etwas gemerkt hat.

Dad, ich hab ihn mehr als alles andere begehrt. Das kannst du dir denken. Gut, mir haben Jungs schon immer gefallen. Aber keinen mocht ich so sehr wie ihn.

Interessiert dich das, Dad? Oder ist das Kinderkram? Vielleicht hast du längst aufgehört zu lesen und ich schreib alles umsonst?

Aber ich kann sowieso jetzt nicht mehr weitermachen. Sie haben von oben gerufen, was ich um diese Zeit in der Küch zu suchen hätt und dass ich das Licht nicht länger verschwenden sollt. Ich hab geantwortet, dass ich grad fertig geworden wär mit einem Aufsatz, den ich heut auf den Weg bringen müsst.

Tut mir leid Dad, dass ich die Kerze jetzt ausblasen und für heute Schluss machen muss. Aber vielleicht klappt's…

4

FREISTUNDEN

Bibliothek in der Schule. Mittwoch, 10.30 - 11.00 Uhr

Sorry. Gestern hab ich's nicht geschafft, weiterzuschreiben. Aber jetzt geht was, denn die Schul fällt aus. Ich hab bis zum Nachmittag frei. Und kann es schaffen, dir zu schreiben, was noch zu schreiben ist. Aber diesmal hab ich nur das Schreibheft dabei. Wieder anderes Papier. Sorry.

Alle freuen sich über die Freistunden – glaub ich jedenfalls. Der einzigen Lehrerin, die wir haben, ist schlecht geworden. Eigentlich sollten wir Mitleid mit ihr haben. Wir schauen alle so, als wenn wir es hätten. Ich auch. Aber innerlich lach ich. Wir sollen uns „selbst beschäftigen." Lesen, Aufgaben oder Sport machen und solche Sachen. Ich hab mich in die kleine Bücherei abgemeldet. Obwohl draußen bestes Wetter ist. Und obwohl es hier drin keine guten Bücher gibt. Nur Sachen über unsere Kirche. Jemand hat sie der Schule geschenkt. Ich glaub, sie hat hier noch nie jemand gelesen. Das weiß das Fräulein auch, denn sie wundert sich, dass ich dort sein will. Aber ich hab erklärt, ich würd dort gern „Stillarbeit" machen. Und dagegen hatte sie nichts einzuwenden. Ich wünsch mir übrigens nichts mehr, als bald in einer richtigen Bibliothek zu sitzen. Mit Büchern zu allem, was es hier nicht gibt. Und das muss, glaub ich, ziemlich viel sein. Auch wenn ich die nicht alle lesen kann. Aber alle lesen könnt. Ich will herausfinden, was es so gibt auf der Welt. Ich werd nicht viel verstehen. Wenigstens am Anfang nicht. Aber das muss ich ja auch nicht. Oder verstehst du alles? Aber das ist eine andere Sache. Ich will ja hier nicht lesen, sondern es geht mir nur darum, an einem ruhigen Ort ungestört weiterzuschreiben. Damit ich alles an dich bald abschicken kann. Denn sonst riskier ich, dass sie den Brief an dich finden. Und das sollten sie besser nicht. Von Zeit zu Zeit durch-

wühlen sie alles. Deshalb verbrenn ich das, was ihnen nicht in die Finger fallen und unter die Augen kommen darf. Aber das geht mit dem Brief an dich natürlich nicht. Erst wenn ich ihn abgeschickt hab, ist alles sicher. Ich weiß nicht, wie sie es anstellen. Hier bleibt nichts unentdeckt. Es gibt kein sicheres Versteck. Sie finden einfach alles. Sie bilden sich ein, der Heilige Geist würd ihnen die Verstecke offenbaren. Aber der ist zuständig für Weisheit und solche Sachen und ist nicht der Schutzheilige der Polizei. Das mit dem Durch-suchen machen sie von Zeit zu Zeit, auch ohne einen Verdacht zu haben. Wie im Gefängnis. Dort nennen sie es „Filzen". Ein Junge, der mal eingebuchtet war, das heißt, der für ein paar Wochen zur Abschreckung in einem Camp für Jungen gewesen ist, ich glaub, er wollt etwas stehlen und sie haben ihn dabei erwischt, dieser Junge hat mir dies und anderes erzählt. Meine Eltern suchen auch meine Bettlaken nach Flecken ab. Ich glaub, sie schnüffeln sogar an meiner Unterhose. Deshalb mach ich es mir nicht mehr, wenn ich schlafen geh. Ich hab andere, geheime Orte dafür. Zum Beispiel auf einem Baum. Im Sommer geht's dort gut – aber ab Herbst dann nicht mehr. Zu kalt und kein Laub. Du verstehst?

Dad. Ich will jetzt die Geschichte mit Anuk zu Ende erzählen. Sonst hört mein Brief wieder mittendrin auf. Dann hat er zwar „Hand", aber keinen „Fuß". Und das macht vielleicht keinen guten Eindruck. Und ich will bei dir den besten Eindruck machen. Viel-leicht hab ich dafür aber zu viel, zu umständlich und zu durchein-ander geschrieben. Jetzt kann ich's nicht mehr ändern. Aber es wär echt ärgerlich.

Also: Ich hab die Hose gewechselt und bin zu Anuk zurückgegan-gen. Er hat gefragt, ob etwas passiert wär oder ob er mir weh getan hätt. Ich hab gesagt, es wär alles in Ordnung, und dass er mir beim Ringen nicht weh sondern gut getan hätt. Ihm hätt's auch gefallen, hat er gesagt. Eigentlich wollt ich ihn fragen, ob wir Freunde sein wollen. Oder ob wir vielleicht sogar richtig Zusammensein könnten? Auch später. Ich hab aber nicht gewusst, was die richtigen Worte da-für sind. Ich wollt nicht blöde klingen oder ihn zum Lachen bringen. Das hätt ich nicht ausgehalten, wenn er mich verspottet hätt. Aber ich musst es herausfinden, was er denkt und für mich fühlt. Irgendwie. Und zwar bald. Bevor er geht. Sonst würd es für alles zu spät sein. Was jetzt nicht passiert, könnt ja niemals passieren. Wir würden auseinandergehen und uns nie wiedersehen. Und deshalb wollt ich, dass es geschieht. Und dass wir herausfinden, wie nah wir uns wirklich sind. Und wenn das für uns beide in gleicher Weise stimmt, dass dann nicht nur unsere Herzen zusammenkommen, sondern auch unsere Körper. Das gehört doch zusammen. Oder meinst du nicht? Es würd uns verbinden und wär sowas wie ein Versprechen. Ich hatt Angst vor der Wahrheit und wie er reagiert. Und dass alles doch nur einseitig ist und ich mir nur einbild, dass er mich so sehr mag wie ich ihn. Deshalb blieb mir nichts anderes übrig als mutig zu sein. Kannst du das verstehen? Also, hab ich gedacht, wenn ich es schaffe, ihn…

Doof. Ich muss zum Essen. Es ist heute früher als sonst. Ich beeil mich und schreib dann gleich weiter. Versprochen.

5

DER ZWISCHENFALL

Bibliothek in der Schule. Mittwoch, 13.30 - 15.00 Uhr

Hey Dad. Hat leider länger gedauert. Es gab irgendeine Pampe. Ich hab sie runtergeschlungen. Sie hat nach nichts geschmeckt. Alle haben lange Gesichter gemacht. Nicht nur ich. Auch Essen ist irgendwie bei uns eine Strafe. Wie eigentlich alles. Zum Essen gibt's Wasser oder Tee. Keine Coke oder Limo. Und alles wegen Eva und diesem blöden Apfel. Ich kann's nicht fassen.

Ok. Also zurück zu Anuk und meinem Wunsch, herauszufinden, was zwischen uns ist und geht. Der Zufall hat mir auch da wieder in die Hände gespielt, obwohl es erstmal nicht gut ausgesehen hat. Jedenfalls: Es war Zeit zum Melken. Ich hab Anuk gesagt, er soll seine Zöpfe hinten zusammenbinden, damit kein Haar in den Milcheimer fällt. Und dann würd ich ihm zeigen, wie es geht.

Während ich mein Haarnetz gesucht hab, das ich aus dem gleichen Grund aufsetzen muss, hat er sich auf den Melkschemel neben die Kuh gesetzt, den Eimer unter das Euter gestellt und dann, ohne auf mich zu warten, mit seinen kalten Händen das Euter angefasst. Das war ein Fehler. Biddy, so heißt die Kuh, hat sich erschreckt und fing an zu brüllen wie verrückt. Sie ist nervös geworden, hat mit dem Schwanz wild um sich geschlagen und den Metalleimer weggetreten. Das Scheppern war nicht zu überhören. Mit der Ruhe im Stall war's vorbei. Beinahe hätt Biddy mit einem Huf auch Anuk getroffen. Das hätt schlimm ausgehen können. Mit einem Satz hat er sich knapp gerettet. Und dann haben alle Kühe um die Wette gebrüllt. Sie waren wie verrückt. Und das ist nicht so leicht abzustellen. Sie haben keinen Stecker, den man ziehen kann. Bei uns jedenfalls nicht.

Ich bin, erschrocken von dem Lärm, aufgeregt zu ihm gerannt und hab ihn angezischt: „Bist du wahnsinnig geworden oder was?

Was hast du gemacht? Die Tiere sind ja völlig durch den Wind. Dabei macht Biddy nie Probleme, sondern hält die Füße still und schlägt auch nicht mit dem Schwanz, wenn sie gemolken wird."

Und dann ist passiert, was ich befürchtet hab. Mein Erzeuger, ich werd ihn ab jetzt nicht mehr länger Dad nennen, denn das bist ja hoffentlich bald du, kam in den Kuhstall gestürmt. Er hat nichts gefragt, sondern gleich losgeschrien und sogar die Kühe übertönt: „Ihr Idioten, was fällt euch ein."

Er hat sich vor mir aufgebaut, zornerfüllt die Hand erhoben und nach der Peitsche gegriffen. Aber das war ihm dann doch zu peinlich vor Anuk.

„Sorry, ich mach das schon. Irgendwas hat sie erschreckt. Vielleicht eine Ratte? Ich weiß nicht, was es war. Ich lass' ihr etwas Zeit, und dann wird sie kein Theater mehr machen", hab ich versucht, die Situation zu retten.

„Eine Ratte! Eine Ratte", hat er verächtlich wiederholt. "Ich weiß, was für eine Ratte das war. Beruhige das Vieh und mach, dass du mit dem Melken fertig wirst", schrie er, warf Anuk einen giftigen Blick zu, drehte sich um und ging. Der Auftritt von ihm war mies. Unterste Schublade. Wirklich.

Anuk hat gezittert und war tief verletzt. Er hat erstmal stotternd nur: „Sorry, sorry, sorry" hingekriegt. Und dann, nachdem etwas Zeit vergangen war, hat er unsicher gefragt: „Was ist passiert? Ich wollte sie doch nur melken und dir helfen. Und jetzt steckst du meinetwegen in Schwierigkeiten. Ich sollte morgen gehen. Dein Vater hasst mich. Ich weiß, dass er mich mit der »Ratte« gemeint hat. So etwas darf er nicht sagen. Nicht zu mir und nicht zu einem anderen. Ich weiß, dass wir für euch Ratten sind und waren, eine Plage, die ihr fast ausgerottet habt. Ganz ist euch das nicht gelungen. Aber ihr habt es geschafft, dass unsere Nationen wie Ratten leben müssen."

Ich bin erschrocken, hab ihn umarmt und gesagt: "Sag nicht so was. Und sag bitte nicht „ihr". Mein Erzeuger war in Rage. Er weiß nicht, was er da von sich gegeben hat. Du bist mein Freund. Ich beschütz dich. Geh morgen nicht. Lass mich nicht im Stich. Brich nicht ab. Denk auch an das Zeugnis. Ohne das ist es aus. Anuk, ich bitt dich um Entschuldigung. Du hast gesehen, wie mein Erzeuger ist. Er schlägt mich, wenn niemand dabei ist. Er ist ein Tyrann und böse. Tut mir leid, dass auch ich mich eben bei dir im Ton vergriffen hab. Ich hab mich erschreckt. Ich glaub, ich weiß, was schiefgelaufen ist und was dein Fehler war. Beruhig dich erstmal. Kümmer dich um die Pferde. Die vertrauen dir und du kannst mit ihnen. Und ich mach den Kuhstall, damit wir hier fertig werden und der Scheißtag irgendwie gut zu Ende geht."

„Ja, schon gut. Es war ja auch eben keine Meisterleistung von mir. Ich habe mich überschätzt und nicht auf dich gewartet. Dein Vater sollte trotzdem solche Dinge nicht sagen. Weder als Christ noch als Amerikaner. Er beleidigt meine Nation. Auch wenn seine Leute vermutlich nicht dabei gewesen sind, als unsere Vorfahren von euch abgeschlachtet wurden. Es ist für euch schon lange vorbei. Aber bei uns ist es noch unvergessen. Wir reden darüber. Wir leiden darunter. Bis heute. Wir kennen noch die Namen der ermordeten Familienmitglieder. So lange ist das ja alles noch nicht her. Die Erinnerung daran erfüllt uns mit Schmerz. Ihr habt unser Land, unser Leben und unsere Seelen gestohlen. Niemand von euch macht sich einen Kopf, wie ein Kind sich bei uns gefühlt hat, das mitansehen musste, wie Eltern, Geschwister, Onkel und Verwandte erschossen, mit Gewehrkolben wie Kojoten totgeschlagen oder niedergeritten und dann skalpiert worden sind. Das Skalpieren war eure Erfindung. Wenn ein weißes Kind so etwas durch einen unserer Krieger erleiden musste, dann wurde es in die ganze Welt telegrafiert. Am nächsten Tag hat es groß in allen Zeitungen gestanden. Alle haben sich aufgeregt und die Kavallerie wurde in Marsch gesetzt. Das erstbeste Dorf, das sie gefunden haben, auch wenn es nichts mit dem Zwischenfall zu tun hatte, haben sie mit Kanonen zusammengeschossen. Wer versucht hat zu fliehen, den haben sie mit Gewehren, Pistolen oder Säbeln erlegt. Aber wenn es eins von unseren Kindern war, das umgebracht wurde oder bei einem Massaker das Leben verloren hatte, hat kein Hahn danach gekräht. Na ja. Zugegeben, ihr habt uns auch Geschenke gemacht. Nur, dass die vergiftet waren. Zum Beispiel die Decken mit Pockenerregern. Unsere Leute sind gestorben wie die Fliegen. Gan-

42

ze Sippen wurden ausgelöscht. Das Sterben war nicht schlimm. Vor dem ehrenvollen Tod hat sich niemand gefürchtet. Aber die Entstellung durch die Krankheit war fürchterlich. Und das Sterben an ihr war nur eine schreckliche Qual. Sonst nichts. Sterben ist nicht das richtige Wort. Gestorben sind sie nicht. Sie sind verendet wie kranke Tiere. Wir waren eine Nation schöner Menschen. Und wir waren stolz darauf. Die Jungen haben ständig ihr Aussehen kontrolliert, ob auch alles perfekt gewesen ist. Und dann kamen die Decken und mit ihnen die Beulen. Und die haben sie zu stinkenden, entstellten Warzenschweinen gemacht. Das haben auch die wenigen gesund gebliebenen nicht ausgehalten. Mein Ururgroßvater war nicht krank. Aber er hatte seine gesamte Familie verloren und fast den ganzen Stamm. Das hat er nicht ertragen. Er hat sich geweigert, noch etwas zu essen. Nach neun Tagen war er tot. Die Weißen haben Freudentänze aufgeführt, während meine Leute lebendig verfault sind. Ich bin kein Apfelindianer. Nicht nur die Schale ist rot. Und mit »ihr« meine ich dich natürlich nicht.«

Ich hab beschämt auf den Boden geschaut. Mir hat das alles unendlich leidgetan. Vor allem, was das Verhalten meines Erzeugers in Anuk ausgelöst hat. Ich wusst nichts zu sagen. Da hat er mich umarmt. »Du kannst nichts für eben. Es ist nicht deine Schuld. Und ich will meinen Fehler wiedergutmachen. Du musst mir zeigen, wie es geht. Und dann kann ich deinem Vater beweisen, dass ich es kann. Dass ich nicht so dumm bin, wie ich für ihn aussehe. Ich werde also nicht abhauen morgen. Und dich hier zurücklassen, so viel früher, als es sein muss.«

»Du glaubst nicht, wie sehr es mich freut, dass du bleibst. Und du siehst alles andere als dumm aus. Du bist klug und schön. Und das macht die Hässlichen eifersüchtig. Es erfüllt sie mit Neid. Mein Erzeuger ist hässlich. Sein Gesicht, sein Körper und seine Seele«, hab ich gesagt.

»Dein Erzeuger, wie du ihn nennst, ist ein zorniger, strenger und ungerechter weißer Mann. Aber kann jemand hässlich sein, der so einen schönen Sohn hat wie dich? Ich würde mich nicht wundern, *wenn jeder, der dir begegnet, sich in dich verliebt. Ich hab es getan. Auch mir ist es passiert."*

Dad, das hat mich fertig gemacht. Mit sowas hab ich nicht gerechnet. Nicht in dieser Situation. Ich hab nur „danke" und „gleichfalls" oder sowas stottern können, so überrascht war ich.

Dad, das mit dem Aussehen hat Anuk wirklich gesagt. Halt es also nicht für Angeberei. Und ich sag auch nicht von mir, ich wär schön. Aber die meisten sagen, ich würd ganz gut aussehen. Trotz meiner Haare. Fotoapparate sind bei uns Tabu. Weil es heißt, dass man kein Bild machen soll…Na ja. Deshalb gibt's kein Foto von mir, das ich dir schicken könnt. Du musst es schon drauf ankommen lassen, mich zu sehen. Ich bin deine Katze im Sack. Ok?

Wieder zu Anuk. Nachdem ich mich gefasst hab und wieder klar im Kopf war, hab ich zu Anuk gesagt: „Ich zeig dir später, wie's gemacht wird. Später, wenn wir Ruhe haben. Ist nur eine Trockenübung. Dabei kann kein Eimer umfallen und keine Kuh austreten und kein Kuhstall außer Kontrolle geraten."

Ich hab ihn umarmt, sein Zittern gespürt, und seine Verlegenheit und Empörung über den Auftritt von eben, die noch nicht ganz abgeklungen waren.

„Alles wird gut", hab ich ihn beruhigt. „Alles wird gut. Lass mich nur machen. Und wenn du fertig bist mit den Pferden, wasch dich bitte nicht. Ich mag ihren Geruch auch an dir. Genau wie ich deinen und dich mag. Dabei hab ich ihm über den Rücken gestreichelt. Er hat sich an mich geschmiegt und gesagt: „Ich fühle mich gut mit dir. Danke."

Das war schon eine besondere Umarmung. Sie hat länger gedauert als normal. Mehr ist da erstmal nicht passiert. Ich hätt ihn gerne geküsst. Aber mein Erzeuger hätt nochmal auf der Bildfläche erscheinen können. Und das hätt grade noch gefehlt.

Anuk ist dann zu den Pferden gegangen und hat seine Arbeit erledigt. Ich hab die Kühe gemolken, nachdem sie sich beruhigt hatten.

Beim Abendbrot wurd kein Wort gesprochen, außer das Gebet. Wir beide hatten keinen Hunger. Nachdem der Tisch abgeräumt war, sind sie gleich schlafen gegangen. Im Haus ist es still gewor-

den und die Petroleumlampe wurd gelöscht. Ich bin in die Scheune gegangen. Und während ich auf Anuk gewartet hab, dacht ich, es könnt zwischen uns vielleicht so werden wie zwischen David und Jonathan. Das ist eine Geschichte in der Bibel. Da geht's um die Liebe zwischen zwei Jungen. Kennst du die? Keine Ahnung, wie alt sie waren. Jedenfalls heißt es, dass Jonathan David geliebt hat wie sein eigenes Leben und dass sich sein Herz mit dem Herzen Davids verbunden hat. Und David hat Jonathans Liebe erwidert. Und sie haben einen ewigen Bund miteinander geschlossen. Das hat Jonathans Vater, das war König Saul, eifersüchtig gemacht. Er hat es gehasst, dass Jonathan David „erwählt" hat. Und hat gesagt, es wäre eine Schande. Und deshalb hat er David nach dem Leben getrachtet. Aber Jonathan hat David vor seinem Vater gewarnt. Und David konnte fliehen. Als sie sich trennen mussten, haben beide sich geküsst und geweint. Genau so steht das in der Bibel: sie haben sich geküsst und geweint – David am allermeisten. Und nachdem Jonathan im Kampf gefallen war, hat David ein Klagelied gesungen. Und darin heißt es: „Es ist mir Leid um dich, mein Bruder Jonathan: ich habe große Freude und Wonne an dir gehabt; deine Liebe ist mir sonderlicher gewesen denn Frauenliebe ist". Ich kann den Satz auswendig. So oft hab ich ihn gelesen. Das bedeutet doch was. Oder meinst du nicht? Ich glaub nicht, dass ich das falsch versteh. Jonathan hatte auch einen Sohn. Den muss er sicher haben, weil er einen Erben brauchte. Er hieß Mefi-Boschet. Und weil er auf der Flucht vom Arm seines Kindermädchens gefallen ist, waren seine Füße gelähmt und er war seitdem behindert. Als David später König geworden war und erfahren hat, dass Jonathan einen Sohn hatte, der Mefi-Boschet hieß, hat er ihn nach Jerusalem eingeladen und wollt ihn jeden Tag an seiner Tafel sehen. „Um Jonathans willen". Dad, ich glaub, Lahme haben eigentlich nicht an der Tafel der Könige gegessen. Und David hat ihn nur deshalb eingeladen, weil Mefi-Boschet, der war da 20 Jahre vielleicht, seinem Vater Jonathan ähnlich gesehen hat. Und wenn David ihn ansah, hat er Jonathan vor sich gesehen. Seinen Freund, den er geliebt hat und der schon lange tot war. Ich weiß nicht, ob das so richtig ist. Aber es gibt niemanden, mit dem ich darüber sprechen oder den ich deswegen fragen kann. Meinen Erzeuger erst recht nicht. Er überschlägt die Geschichte von David und Jonathan und Mefi-Boschet immer, weil er es nicht richtig findet, dass da von Liebe die Rede ist, von Umarmen und Küssen. Er hält diese Liebe für die Sünde Sodoms. Eine Sünde, die in seinen Augen besonders schwer wiegt. Sie ist, sagt er, ein Gräuel in den Augen Gottes, und dass ein Gräuel etwas ist, das Gott zutiefst hasst und mit dem Tode bestraft. Weil auch König Saul die Liebe zwischen seinem Sohn Jonathan und David gehasst hat, fühlt mein Erzeuger sich im Recht. Und er hat ja auch wirklich diesen König Israels an seiner Seite. Da hab ich schlechte Karten. Aber er denkt nicht daran, dass Saul nicht klar war im Kopf. Ich glaub, mein Erzeuger ist es auch nicht. Saul hatte Wahnsinn. So schlimm ist es bei meinem Erzeuger noch nicht. Aber er ist auf dem besten Weg dorthin. Das muss ich nicht auch noch haben. Mir reicht schon, wie schlimm er jetzt ist. Dad, du kannst mir glauben. Ich übertreib nicht. Mein Erzeuger gleicht wirklich Saul. Er hätte, wie dieser in seiner Wut zweimal nach David und einmal sogar nach seinem Sohn Jonathan, am liebsten auch einen Speer nach Anuk geschleudert, um ihn aufzuspießen, und einen Speer nach mir, mit der gleichen Absicht. Deshalb hab ich Angst vor ihm. Richtig Angst. Gut, dass Speere aus der Mode sind. Sogar bei uns. Wenn mein Erzeuger herausfindet, was mit mir ist, dann Gnade mir Gott.

Also für mich ist die Geschichte von David und Jonathan die beste in der Bibel. Und deshalb kann es nicht falsch sein, wenn man einen Jungen liebt. Denn sonst würd sowas nicht in der Bibel stehn. Oder? Ein älterer Cousin hat mir diese Geschichte einmal vorgelesen. Ich hab auf seinem Schoß gesessen und gebannt zugehört. Er wurd aus irgendeinem Grund später weggeschickt. Ich glaub, er lebt heute irgendwo in Vermont und ist nicht mehr in unserer Kirche. Seinen Namen hat keiner mehr erwähnt. Und ich hab es nicht gewagt, nach ihm zu fragen. Ich bin sicher, dass es gut gewesen ist, was zwischen David und Jonathan war. Und deswegen ist es auch gut, was zwischen Anuk und mir ist. Ich hab in Anuk meinen Jonathan gefunden. Und er seinen David in mir.

Also nach einer Weile ist Anuk dann in die Scheune gekommen. Und er hat nicht nach Seife gerochen, was mir gefallen hat. Ich hab ihm erklärt und gezeigt, worauf es beim Melken ankommt: dass man warme Hände braucht und wie man die Zitzen anfasst und massiert, damit die Milch zu fließen beginnt und die Kuh keine Schmerzen bekommt. Er hat das gleich verstanden.

Dann haben wir uns nebeneinander ins Stroh gelegt, über dies und das gesprochen - und uns dabei berührt. Wie zufällig. Da ist erst ein Finger über die Hand des anderen gefahren, dann über seinen Hals, seine Wangen, seine Nase und die Stirn. Alles ganz behutsam und zart. So, als könnt etwas zerbrechen. Auf einmal hat er sich über mich gebeugt und ich hab sein Gesicht ganz nah vor mir gesehen. Ich hab die Wärme seiner Haut gespürt, seinen Atem getrunken und dann war sein Mund über dem meinen. Er hat meinen Kopf in seine Hände genommen. Und dann hab ich seine Lippen auf meinen gespürt. Ich hab meinen Mund geöffnet. Und unsere Zungen haben Botschaften ausgetauscht ohne Worte zu sagen. Von dem Augenblick an waren wir zusammen. Und haben einen Bund geschlossen. Und zueinander gehört. Wie David und Jonathan. Ich hab zum ersten Mal gefühlt, was es bedeutet, glücklich zu sein. Und es hat Spaß gemacht, ihn zu küssen und von ihm Küsse zu empfangen.

Weißt du, Dad. Manches Schöne kann ich mir auch selbst besorgen. Aber mit dem Küssen geht das nicht allein. Ich hab's mal mit dem Spiegel probiert. Aber der blieb kalt. Mir hat's auch nichts gebracht. Und dem Spiegel? Also, der war nur verschmiert. Aber ich hab geahnt, wie es sich anfühlen könnt, wenn ich meinen Mund an die Nüstern von Dancer oder Thunder gebracht hab. Das hat sich nicht schlecht angefühlt. Aber Küssen war das nicht. Anuk hat den schönsten Mund, den du dir vorstellen kannst. Samtweiche Lippen, eine flinke Zunge und Zähne, die wie Perlen sind. Er hat mir seine Zunge in den Mund gesteckt. Das hätt so bleiben können. Für immer. Wie kann man über sowas Schönes nur so schlecht reden, wie sie es bei uns tun? Ich hab Pfefferminz bei ihm gerochen. Er muss es vorher aus dem Garten genommen und in seinem Mund gekaut haben. Das heißt doch, auch er hat irgendwie damit gerechnet, dass es passiert. Und er wollt gut aus dem Mund riechen, wenn wir uns küssen.

Wir haben uns angefasst. Und sind auch gekommen. Gleichzeitig. Und wir haben herausgefunden, wie der andere schmeckt. Aber mehr haben wir nicht miteinander gemacht. Ich hätt ihn gern überall gespürt und nicht nur gestreichelt. Aber ich hab gesagt: „Anuk, ich will es mehr als alles andere mit dir. Und nur mit dir. Aber nicht hier. Nicht im Stroh. Das piekt. Nicht im Stall. Der riecht nach Kuh. Und nicht im Dreck. Das macht es schmutzig. Es gibt in unserer Scheune noch nicht mal mehr weiches, duftendes Heu. Das ist längst verfüttert. Und ja – es wär für mich auch das erste Mal… Und darum soll es etwas Besonderes sein. Verstehst du? Davon abgesehen: hier und jetzt wäre es zu gefährlich. Wenn sie uns erwischen, dann weiß ich nicht, was passiert".

Dad, ich weiß, zu anderen Zeiten hätten sie uns gesteinigt oder verbrannt. Anuk und mich. Auf dem Stroh, auf dem wir gelegen haben. Und die Katze, die zufällig vorbeigekommen ist und uns gesehen hat, hätten sie auch ins Feuer geworfen. Die Mühe machen sie sich heut nicht mehr. Nur im Kopf. Da machen sie es noch immer.

Anuk hat mich angesehen, gelächelt und gesagt. „Ich weiß, was du meinst, und verstehe dich gut. Du hast Recht. Es gibt bessere Orte und bessere Zeiten, um miteinander zu schlafen. So richtig meine ich. Und wir haben etwas, auf das wir uns freuen können. Etwas, das es uns leicht macht, auch die schwierigsten Zeiten zu überstehen und alle Hindernisse zu überwinden."

Dad, findest du, dass das sehr dumm war von uns? Ich mein, dass wir's versemmelt und verpasst haben und die Gelegenheit vorbeigegangen ist, die wir uns mehr als alles andere gewünscht haben? Nämlich es miteinander zu tun."

Anuk konnt leider nur noch drei Tage bleiben. Dann musst er weg zu seiner letzten Praktikantenstelle. Wir waren in dieser Zeit nur manchmal und nur für ein paar Augenblicke allein. Die Zeit hat nie gereicht, irgendwo anders hinzugehen oder hinzureiten, wo wir irgendwie zusammen sein konnten. Also, wo es schön war und sicher für uns beide. In sein oder mein Schlafzimmer konnten wir nicht gehen. Nicht tagsüber. Und auch nachts konnten wir nicht zueinander schleichen. Man hört das Knarzen der Dielen bei jedem Schritt. Und selbst wenn man sich im Bett nur rumdreht, hört es das ganze Haus. Vielleicht ölen sie deswegen die Sprungfedern nicht. Egal. Wir beide wollten zusammen sein ohne Angst. Und Liebe kann man nicht machen, ohne sich zu bewegen. Nicht auszudenken, wenn wir erwischt worden wären.

Anuk hat am nächsten Morgen meinen Erzeuger gefragt, ob er die Kühe melken dürfte.

„Mit deinen Fingern kannst du vielleicht die Flöte spielen", war seine Antwort. Ich denk, er hat das Musikinstrument aus der Bibel gemeint. Aber für den Stall wären seine Hände ungeeignet. Mein Erzeuger hatte nicht die geringste Ahnung, wozu Anuk mit seinen Fingern noch im Stande war. Das kann ich dir sagen.

„Bitte, bitte, lassen Sie es mich versuchen", hat Anuk ihn angefleht. Und ich hab gesagt: „lass ihn doch. Ich hab ihm erklärt, wie's geht und er wird alles richtig machen. Und falls nicht, dann musst du das mir anrechnen. Gib ihm bitte wenigstens eine Chance." Meine Mutter hat zustimmend genickt und unsere Bitte unterstützt.

„Bringen wir es hinter uns", hat mein Erzeuger geknurrt, der sicher war, dass es ein Desaster geben würd.

Aber Anuk hat ihn überrascht. Das Melken ging ohne Probleme. Anuk hat sich an das gehalten, was ich ihm beigebracht hab und was wir geübt hatten.

Mir schien es, die Kühe freuten sich auf Anuks warme Hand und seine einfühlsame Technik. Ich konnt' das nachvollziehen. Anuk durft die Tage, die er noch bei uns war, das Melken der Kühe übernehmen.

Ich hab mich, wenn niemand in der Nähe war, und er auf dem Melkschemel gesessen hat, oft von hinten an ihn herangeschlichen und seinen Nacken massiert. Das hat ihm gutgetan. Und mir auch. Er hat nach Sahne gerochen. Manchmal hat er einen Strahl Kuhmilch statt in den Eimer direkt in seinen Mund gespritzt. Und ich hab die Kuhmilch aus seinem Gesicht geleckt. Es war nur wenig, was wir machen konnten. Es waren nur Zeichen, die wir uns ge-

geben haben. Aber es war mehr als nichts. Sonst haben wir nichts unternehmen können. Freizeit gibt es bei uns nicht. Denn sie würd uns vom Glauben ablenken. Außer dem Singen. Das geht nach der Arbeit immer.

Dad. Ich lieb ihn. Und er liebt mich auch. Ich hab es ihm und er hat es mir gesagt. Das ist nicht nur so ein Gefühl. Es ist Millionen Mal mehr als nur »gern haben«. Es ist hunderttausend Mal mehr als nur ein »Freund sein«. Ich spür das nicht nur im Herzen. Sondern mit meinem ganzen Leib. Ich bin nervös, kann nicht mehr schlafen und komm um vor Sehnsucht nach ihm. Das kann doch nur Liebe sein. Und wenn es Liebe ist, dann ist es doch das Beste, Größte und Wichtigste, das es gibt! Ist doch so. Oder nicht?

Dad, jetzt kannst du dir ein Bild von mir machen. Ich fürcht, ich hab zu viel über Nebensächlichkeiten geschrieben. Über mein elendes Leben auf dieser schrecklichen Farm. Und was wirklich wichtig war ist zu kurz gekommen. Dad, ich hoff, du bist nicht enttäuscht von deinem neuen Sohn. Als den fühl ich mich schon. Ich muss den Brief, so wie er ist, abschicken. Ihn neu oder auf das gute Papier abzuschreiben, fehlt mir die Zeit und die Gelegenheit. Und liegenlassen kann ich ihn auch nicht. Du weißt, sie sind ständig auf der Suche. Sie suchen nicht unbedingt nach der Wahrheit. Die meinen sie ja zu kennen. Sondern lieber nach dem Anderen, das sie in ihrer Ansicht bestätigt und ihren heiligen Zorn erweckt.

Geschafft: Ich hab's geschafft. Der Brief ist fertig. Keiner ist gekommen, um nachzusehen, was ich mach, oder etwas zu fragen.

Endlich fertig. Aber ich hab trotzdem noch mehr zu erzählen. Ich werd dich also nicht langweilen, wenn wir uns sehen.

Ach ja, zum Schluss noch ganz rasch. Anuk hat ein gutes Zeugnis bekommen. Mein Erzeuger hat ihm zuerst nichts zugetraut. Aber zuletzt war er dann doch mit seiner Arbeit und seinen Fortschritten zufrieden. Er hat ihm bescheinigt, „dass Anuk nicht nur mit Pferden, sondern auch mit Kühen umgehen kann und mit den Händen zu melken versteht, was ihm so leicht niemand nachmacht, der nur Melkmaschinen kennt, die für die Tiere eine Qual sind." So hat er es in sein Zeugnis geschrieben. Er hat ihm beim Abschied empfoh-

len, sich die Haare abschneiden zu lassen. Lange Haare passten zu einer Frau. Genau wie Schmuck. Das war seine letzte Spitze. Er hätt die dumme Bemerkungen bleiben lassen sollen. Konnt er aber wohl nicht. Vielleicht hat er Angst gehabt, er würd an den kleinen Gemeinheiten ersticken, wenn er sie nicht rauslässt. So ist er eben.

Anuk hat mir geschrieben, dass er es nach New York geschafft hat. Was er dort genau macht, weiß ich nicht. Aber ich kann auf alle Fälle auch mal bei ihm wohnen. Und wir könnten zusammen etwas machen. Das wollt er mir erzählen, wenn wir uns sehen. Ich hab eine elektronische Adresse von ihm. So kann ich ihn überall und jederzeit erreichen, auch wenn er umzieht, hat er geschrieben. Aber dazu muss ich einen Computer haben. Hab ich natürlich nicht. Aber du hast sicher einen. Und du zeigst mir, wie es geht?

Dad, antworte bitte postlagernd und schreib auch was von dir. Und wenn ich bei dir in Kalifornien bin, darf mich Anuk bald besuchen? Ich muss ihn unbedingt wiedersehen. Er will es auch. Wir mussten aufhören, als es gerade angefangen hat. Aber das kann doch nicht das Ende sein. Ich hoff, du hast nichts dagegen. Anuk wird dir sicher auch gefallen. Du wirst ihn mögen. Und er hat es verdient, dass mal was Gutes in seinem Leben passiert. Bitte lass mich zu dir kommen. Bald. Jetzt. Hilf mir von zu Hause weg. Sonst werd ich Anuk niemals wiedersehen. Und würd das ganze Leben unglücklich sein. Die Farm ist für mich die reinste Hölle. Ich halt es nicht mehr länger aus. Du sollst mein Dad sein – und ich dein Sohn. Und dann können wir Spiele miteinander spielen, soviel du magst. Ich kenn einige Brettspiele und im Shuffleboard bin ich richtig gut. Aber du kennst sicher noch andere. Die kannst du mir beibringen. Ich bin echt neugierig. Und noch was – ich würd mich gern richtig anziehen, mir die Haare schneiden lassen, Cola trinken, Burger essen oder Pizza, jeden Tag unter warmem Wasser duschen, den Highschool-Abschluss machen, wenn ich nicht zu dumm dafür bin, und ja, ich würd gern lernen, Saxofon zu spielen. Ganz schön viele Wünsche. Aber vielleicht gehen ja wenigstens ein paar.

Die Ferien beginnen bei uns am 15. Juni. Und sie enden diesmal nie. Also nicht für mich. An dieser Minischule. Mit der bin ich dann *fertig und kann weg. Und ich könnt auch länger bleiben, wenn ich darf. Melde dich bitte.*

Dein Elijah Landauer

Landauers Farm, am 12. Mai

6

ANTWORT VON DAD

Farm der Landauers. 17. Juli

Elijah war gerade dabei, das Schreiben, das heißt, die während mehrerer Tage entstandenen Seiten seines überlangen Briefes in einen adressierten Umschlag einzutüten, als Amos, den er auf dem Feld vermutete, in die Küche kam. Es gelang Elijah im letzten Augenblick, den Brief unbemerkt in sein weites Hemd zu stecken. Zum ersten Mal, dass er dessen Schnitt praktisch fand. Er war erleichtert, als er ihn am 13. Mai endlich abschicken konnte.

Elijah wartete mehrere Wochen, in denen nichts geschah. Der Juni war bereits vorüber. Und der halbe Juli war auch schon vorbei.

In seiner Verzweiflung hatte er weitere, dringliche, bittende Briefe und Nachrichten an seinen »Dad« abgeschickt.

Elijah rechnete nicht mehr damit, aus Kalifornien etwas zu hören. Vielleicht war seine Post sämtlich verloren gegangen. Oder etwas mit der Chiffre „D&S Sunset Beach 30.14-16" hatte nicht funktioniert? Oder der Mann, den er sich als seinen neuen Dad gewünscht hatte, hatte sich für einen anderen Sohn entschieden. Der interessanter für ihn war und mehr zu bieten hatte. Er würde das sogar verstehen.

Nach zwölf Wochen, es war der 17. Juli, um genau zu sein, bekam er endlich die ersehnte Antwort. Postlagernd, wie gewünscht. Der Brief enthielt Versprechungen und konkrete Anweisungen. Und er hat sich für Elijah gut angehört. Er schöpfte wieder Hoffnung, dass seine Flucht gelingen könnte.

Der Brief begann so:

"Hi El".

Das „Hi" ist durchgestrichen und ersetzt durch:

„Lieber" El,

du hast es geschafft. Das heißt, du hast mich überzeugt und umgestimmt. Ich bin von Brief zu Brief neugieriger auf dich geworden. Schon dein erster Brief hat mich beeindruckt. Vor allem, weil du von Anfang an offen und aufrichtig gewesen bist. Ehrlichkeit ist wichtig. Da hast du Recht. Auch wenn man nicht immer die ganze Wahrheit sagen kann. Das mache ich auch nicht. Dass du ihn auf verschiedene Papiere geschrieben hast, macht nichts. Das hat sogar etwas, denn es zeigt, wie wichtig und ernst es dir war, mit mir in Kontakt zu treten. Dass es dir gelungen ist, mir trotz deiner Aufpasser noch häufiger zu schreiben, verdient meinen Respekt. Ich fand deine Briefe übrigens von Mal zu Mal besser. Du hast, nicht nur was das Schreiben angeht, Potential, habe ich den Eindruck.

Dass ich dich „El" nenne, ist o.k. für dich? Dein richtiger Name klingt mir zu sehr nach Weihrauch und Bibel. Aber es gibt anderes, was ich lieber rieche, und spannenderes, das ich lieber lese.

„Ich habe die Schilderung eurer kleinen Farm und deine Freundschaft mit Anuk schön gefunden. Ob es wirklich „die große Liebe" ist oder nur ein Strohfeuer wird sich herausstellen. Das kannst du eigentlich nicht nach einer Woche schon wissen.

Ich glaube, du bist richtig klug. Vielleicht kennst du den Song von Nat King Cole:

„There was a boy.

A very strange enchanted boy.

A little shy and sad of eye.

But very wise was he".

Könnte es sein, dass du eine Menge von diesem Boy hast, oder dass du dieser Boy bist?

Oh, ich habe vergessen, dass es vielleicht kein Radio bei euch gibt. Also werde ich dir den Song vorspielen, wenn wir uns sehen.

Und was Anuk betrifft: Wieviel älter als du ist er nochmal? Klar kann er dich – kann er uns – besuchen kommen. Du kannst ihm eine Nachricht schicken, sobald wir angekommen sind. Ich kann dir zeigen, wie das geht, und auch alles andere, was du nicht kannst oder noch nicht gemacht hast. Er kann bei uns wohnen und ihr könnt zusammen etwas unternehmen. Oder wir machen etwas zu Dritt. Was denkst du darüber? Inzwischen bin ich auch sehr gespannt auf ihn.

Zwar habe ich mir, ehrlich gesagt, etwas ganz anderes vorgestellt als dich, als ich meine Annonce aufgegeben habe. Deshalb habe ich gezögert, dir zu antworten. Aber keine Briefe waren so wie die, die ich von dir erhalten habe. Und was das Alter betrifft – da gab's „Bewerber", die älter waren als ich. Denn Role-Play ist… – aber das erkläre ich dir ein anderes Mal.

Ich habe mich für dich entschieden, weil du der bist, der du bist. Und weil ich dich gut verstehe. Denn auch ich bin von zu Hause weggelaufen, als ich gerade sechzehn war. Daher weiß ich, wie schwer es ist, sich allein durchzuschlagen. Ich hatte kein Geld. Bargeld gab es bei uns nicht, denn die Oberen haben alles mit Kreditkarten geregelt. Natürlich kam ich da nicht dran. Das heißt, ich konnte weder etwas zu essen kaufen noch mit einem Bus irgendwohin fahren, wo ich eine Arbeit hätte finden können. Und so habe ich auf meinem Weg von Saskatchewan nach Kalifornien alle Gefahren kennengelernt, denen ein schutzloser Junge ausgesetzt ist. Mir ist vor 14 Jahren nichts erspart geblieben. Aber es gab auch Nette, die mir weitergeholfen haben. Von den Bösen und von den Guten, und was ich jetzt mache, kann ich dir erzählen, wenn wir uns sehen und es dich interessiert. Mit dir Zeit zu verbringen, wird eine Herausforderung und ein Abenteuer werden. Und ich kann an dir wiedergutmachen, was mir damals an Gutem widerfahren ist. Das „Andere" kann ich immer haben – gerade hier in San Francisco. Aber regele mit deinen Eltern, dass du offiziell wegbleiben kannst. Ich möchte nicht, dass es von dieser Seite irgendwelche Schwierigkeiten gibt. Probleme mit der Polizei, falls sie dich suchen lassen sollten, ist das letzte, was ich brauche. Aber es kann auch sein, dass sie nichts dagegen haben, dich nicht mehr sehen zu müssen. Bei meinen Eltern war das jedenfalls der Fall. Auch von meinen sieben Geschwistern hat keiner mehr mit mir gesprochen oder nach mir gefragt, nachdem ich sie bei Nacht und Nebel fluchtartig verlassen hatte. Ich hatte sie in meine Pläne nicht eingeweiht. Aber ich wusste, dass das mit dem Verstoßen kommen würde und habe das in Kauf genommen. Das gehört zum Preis der Freiheit, den wir zahlen müssen. Ich vermisse sie trotzdem. Vielleicht wirst du mir weniger Sohn, sondern mehr mein kleiner Bruder sein? Wir werden sehen, wie sich das anfühlen wird.

Und nein. Dein „großer Brief" war nicht zu lang. Du hast viele spannende Details beschrieben, die mir gut gefallen haben. Und ich bin gespannt, was du noch zu erzählen hast. Du bist jedenfalls reifer als du alt bist. Deine Pläne und Wünsche gefallen mir. Aber über die nächsten beiden Monate hinaus plane ich mit dir erstmal nichts. Wir müssen doch herausfinden, ob wir auch im Alltag zueinander passen und uns verstehen. Papier ist geduldig. Und aufgeschrieben wird viel. Das verstehst du doch. Und je nachdem werden wir weitersehen.

Übrigens: Das Erste, was ich nach meiner Flucht von zu Hause gemacht habe, war, diese seltsamen und brutalen Geschichten von Racheengeln und dem Abschlachten von Erstgeborenen und ganzen Völkern aus dem Alten Testament zu vergessen. Daher erinnere ich mich nur noch dunkel daran, dass mir David und Jonathan in Saskatchewan begegnet sind. Aber von diesem gelähmten Jungen Mefi-Boschet habe ich noch nie gehört. Vielleicht liegst du richtig mit deiner Vermutung, weshalb ihn David jeden Mittag an seiner Tafel sehen wollte? Ein Freund von mir, dem ich von dir erzählt habe, kennt sich mit dem Alten Testament hervorragend aus. Er will dich kennenlernen – und ihm kannst du solche Fragen stellen. Aber, ehrlich gesagt, es gibt wichtigeres über das du nachdenken und das du machen solltest. Auf keiner der siebzehn High Schools in San Francisco wirst du mit deinen Geschichten aus dem Alten Testament weiterkommen. Da musst du schon anderes auf der Pfanne haben. Und was du brauchst, davon hast du in deiner Zwergschule noch nie etwas gehört. Aber zwei meiner Kumpel, die unterrichten, könnten dir alles beibringen. Das hat allerdings seinen Preis. Das heißt, es wird nicht umsonst zu haben sein. Sie würden dich hart rannehmen. Ein Spaziergang wird das für dich nicht. Du wirst bereit sein müssen, alles, wirklich alles zu geben. Aber das sehen wir ja dann.

El, dir einen Brief zu schreiben ist merkwürdig. Unglaublich, dass du kein Handy besitzt. Das wird das erste sein, das ich dir schenke. Es liegt schon bereit. Nein! Weißt du was: Ich habe eine bessere Idee. Ich bringe es dir mit, wenn ich dich abholen komme. Und dann kannst du Anuk gleich schreiben. Dein schöner, exotischer Freund wird überrascht sein von dir zu hören und sich freuen, dass du es geschafft hast, dich von zu Hause loszueisen.

Ich habe noch mehr Geschenke für dich besorgt. Würdest du gerne eine schwarze, weiche, enge Lederhose mit der passenden Lederjacke tragen? Wenn ja, dann gehen wir zu meinem Schneider, der Beides für dich zuschneiden wird. Was er macht, passt wie angegossen und fühlt sich an wie eine zweite Haut. Kannst du dir das vorstellen? Möchtest du das spüren? Anuk wird große Augen machen, wenn er dich darin sieht. Und er wird es kaum erwarten können, dich aus ihr herauszuschälen. Du weißt, was ich meine? Aber das mit dem Leder machen wir nur, wenn du willst. Klar bekommst du auch eine Jeans, wie sie alle tragen, die Jungs in deiner Stadt. Jedenfalls wird es eine Weihnachtsbescherung mitten im Sommer werden. Für dich! Alle Glocken werden läuten. Und wenn du Lust hast ein Blasinstrument zu spielen, dann kannst du das tun. Ich habe ein Saxofon und bin gespannt, wie du damit zurechtkommst und wie es sich anfühlt für dich.

Na, gefällt dir das?

Jedes Zimmer bei uns – du siehst, ich schreibe auch schon „bei uns" und nicht „bei mir" – hat TV. Große Bildschirme. Du wirst dich wie im Kino fühlen. Und du wirst denken, mittendrin in den Geschichten zu sein und selbst in den Filmen mitzuspielen. Ich freu mich schon darauf, sie mit dir anzusehen. Wir setzen uns 3D-Brillen auf. Und dann geht die Post ab. Lass dich überraschen. Wir können auch zusammen Sport machen. Ich habe alle möglichen Geräte im Keller. Eine richtige „Folterkammer", wie in einem guten Sportstudio. Das alles wird dir gefallen. „Freizeit" wird die ersten beiden

Monate deine einzige Beschäftigung sein. Du sollst dich erholen von der Farm, das Leben in der Welt von vorgestern vergessen und in „unserer" ankommen. Das Meer kannst du übrigens von meinem Haus zu Fuß erreichen. Falls du Lust hast an den Strand zu gehen. Am Marshall's Beach kannst du übrigens nackt herumlaufen und nackt ins Meer gehen. Vielleicht findest du das so cool wie ich? Keine klatschnasse Badehose, wenn du aus dem Wasser kommst. Fühlt sich gut an. Sollten wir ausprobieren, falls du es noch nicht gemacht hast.

Mir gefällt, dass du mich «Dad» nennst. So wollen wir das auch halten, wenn wir unterwegs sind. Ich werde dich auch »Sohn« nennen und nicht El. Das zeigt allen einfach, dass wir als Dad & Sohn zusammengehören. Mach alles mit deinen Eltern klar. Ich habe demnächst in Philadelphia zu tun. Ich werde dorthin mit meinem superschicken Motorhome fahren. Es ist wie ein rollendes Hotel. Am 20. Juli werde ich gegen 23.00 Uhr durch Shawnees Rock kommen. Und du wirst, wenn du mitkommen willst und kannst, vor der Bar stehen, vor der du das Magazin aus dem Papierkorb geangelt hast. Ich weiß inzwischen, wo dieser „Stiefelknecht" ist. Wenn du da bist, nehme ich dich mit. Sei unbedingt pünktlich! Denn wenn du nicht da sein solltest und nicht auf mich wartest, fahre ich ohne dich weiter. Weißt du, ich mag Spiele, aber keine Spielchen. Aber für einen, der seine Spielchen spielt, halte ich dich nicht.

El, ich möchte dich eigentlich so, wie du bist. Deine Rolle als „Farmboy" gefällt mir. Ich verstehe, dass du aus dieser Rolle herausschlüpfen willst. Deshalb werde ich dir dabei helfen, dich etwas „aufzuhübschen". Du sollst dich gut fühlen. Aber du sollst, vor allem in deinem Wesen, kein völlig anderer werden. Du bist außergewöhnlich und etwas ganz Besonderes. Und das sollst du auch bleiben. Ich werde dir kaufen, was ich denke, das zu dir passt. Du musst außer deiner Zahnbürste nichts mitbringen. Coke habe ich immer an Bord und auch einen frischen Burger werde ich für dich besorgen. Und eine Brause mit Regenduschkopf gibt's hier ebenfalls. Du kannst stundenlang darunter stehen und warmes Wasser auf dich herabrieseln lassen. Ich zeig dir, wie es geht. Was deine Haare angeht – die sollten so bleiben, wie sie sind. Ich mag sie, genau wie Anuk sie zu mögen scheint. Einfach so.

Nur eines noch. Was ich nicht so gut finde und was mir ehrlich gesagt auf die Nerven ging, als ich deine Briefe gelesen habe, ist, dass du oft oder fast immer das „e" am Ende eines Wortes verschluckst. Warum machst du das? Das ist kein Englisch. Und das hat auch nichts mit dem alten Deutsch zu tun, das ihr angeblich sprecht. Es ist nicht schlimm – aber ich werde es dir austreiben. Und ich weiß schon, wie ich das in kürzester Zeit schaffe. Und wenn ich mit dir fertig bin, wirst du schreiben wie ein zweiter John Steinbeck. Ich gebe dir was zu lesen von ihm. „Früchte des Zorns" zum Beispiel. Oder „Jenseits von Eden".

Ich will dir helfen in der Zeit, die wir haben, dass du dich ein wenig in „unserer Welt" zurechtfindest. Einer Welt, von der ich denke, dass es auch deine sein könnte. Du kannst unbesorgt sein: Es wird sich gut anfühlen für dich. Du wirst einschlagen wie eine Bombe. Alle werden mich um meinen schönen und klugen Sohn beneiden – oder meinen kleinen Bruder. Aber zu diesem Jungen, der du sein wirst, würde es nicht passen, wenn er beim Schreiben Buchstaben verschluckt und ein „gestreiftes" Englisch spricht. Würde sich ein wenig nach Hinterwäldler und Trottel anhören. Findest du nicht auch? Deshalb müssen wir daran arbeiten.

Lieber EL. Dein »Erzeuger« ist mir ein komischer Heiliger. Aber an diesem Spruch „Wer seinen Sohn liebt, der züchtigt ihn" könnte etwas dran sein. Du mochtest Kapitel 13, weil es eine Gelegenheit war, dich zu spüren? Du hast dich dann lebendig gefühlt und „noch etwas anderes?" Das musst du mir genauer erklären.

Ich freue mich sehr, dich bald zu sehen!
Your californian dad
Umberto Umbertini
S.F., Pacific Highs, 10. Juli

7

„RUMSPRINGA"

Farm der Landauers. 19. Juli

Es war für Elijah leichter als befürchtet, seine Eltern davon zu überzeugen, nach dem Ende seiner Schulzeit den Sommer in einem »Camp« verbringen zu dürfen.

In Kalifornien.

Um Englisch zu lernen. Richtiges Englisch. Also die Sprache des Landes, wie Elijah betonte, in dem sie schließlich lebten. Und nicht nur fehlerfrei sollte sein Englisch werden. Sondern auch gut. Richtig gut.

Also richtiges, gutes Englisch, sagte er, weil er das brauche, um »Schriftsteller« zu werden. Und ohne eine Pause zu machen und ihnen Gelegenheit zu geben, in sein Geständnis mit Einwänden oder Vorschlägen hineinzugrätschen, fuhr er fort: Farmen, da sei er sicher, wäre nichts für ihn. Und wo er schon dabei war, ihnen »reinen Wein« einzuschenken, also den Wein vielleicht mit ein wenig Wasser verdünnt: Auch Schmied oder Zimmermann oder Wagner passten für ihn nicht. Er hätte bei einem »Schreibwettbewerb« den ersten Preis gewonnen und jemand hätte ihm bescheinigt, er habe Talent.

„Bei einem was….?", fragte Amos Landauer entrüstet mit erhobener Stimme. „Bei was für einem Wettbewerb?" und wieso „gewonnen" und woher „Talent"?

„Ich hab bei einem Schreibwettbewerb gewonnen, also einem Wettbewerb, in dem es um ein Thema geht, über das man schreibt", erklärte Elijah, was so falsch ja auch gar nicht war. Und daher sei, schob er taktisch klug nach, alles bezahlt und das Camp würde sie nichts kosten. Was völlig stimmte. Ein »Coach« würde sich um ihn und alles andere kümmern. Er würde sogar von ihm abgeholt. Auch das war richtig. Und ein »Coach« war sein neuer Dad ja irgendwie schon. Also mehr oder weniger. Und er wolle auch gerne den High School Abschluss machen. Später, erklärte er ihnen, da er schon mal dabei war über seine Pläne zu reden und reinen Tisch zu machen.

Wie alle, und das war sein stärkstes Argument, hätte er das Recht des »Rumspringa«, des Ausprobierens. Und sein »Rumspringa« würde ihn ja nur nach Kalifornien führen. Andere nutzten die Zeit, um den Kontinent zu verlassen und in fernen Ländern Erfahrungen zu sammeln und die Welt kennenzulernen. Zum Beispiel Deutschland und Berlin. Er dagegen würde in Nordamerika bleiben. Und das könnten sie ihm nicht verweigern. Auch wenn er eigentlich noch etwas jung zum »Rumspringa« sein würde. Aber er könnte in dem fehlenden Jahr sowieso an nichts anderes denken und wäre innerlich schon unterwegs. Und daher sollten sie ihn besser jetzt ziehen lassen.

Er hatte recht: Der Übergangsritus in der Pubertät, der im Pennsylvania Dutch „Rumspringa" heißt, erlaubte den Jungen während dieser »Auszeit« sogar das Probieren von Alkohol oder das Rauchen. Fast alle kehrten nach ihrer wilden Phase trotzdem zurück, lebten das brave Leben ihrer Väter und blieben auf dem alten Weg. Elijah dagegen ging es weder um Rauchen oder Trinken. Er wollte nur lernen! Gutes Englisch. Wenn auch der Grund dafür – also um „Schriftsteller" zu werden – in den Augen seiner Eltern schockierend war.

Es waren keine fetten Lügen, die er ihnen auftischte. Die halbe Wahrheit, vielleicht sogar etwas mehr als die halbe Wahrheit, war es nach seinem Empfinden schon.

Elijah blieb seinen Prinzipien treu. Auch in dieser Situation. Lügen waren verboten. Aber Flunkern war erlaubt. Manchmal jedenfalls. Im Notfall eigentlich immer. Genau wie man sich einen Apfel von einem fremden Baum nehmen durfte, wenn – ja, wenn der Hunger kaum auszuhalten war. Stand so auch im Alten Testament. Und ein Notfall waren diese Ferien von der Farm für Elijah auf alle Fälle. Vor allem die Sehnsucht nach Anuk, die kaum auszuhalten war. Und der Hunger nach seiner Liebe.

Als Elijah ihnen eröffnete, kein Interesse an der Farm zu haben und ein anderes Leben führen und „Schriftsteller" werden zu wollen, obwohl er dies in erster Linie sagte, um seiner Teilnahme an diesem „Camp" Plausibilität zu verleihen, schauten sie erst sich und dann ihn an.

Amos Landauer schüttelte verständnislos den Kopf: Hatte er wirklich vor, das Land, das ihnen, ihren Vorfahren und ihren Nachkommen – und damit auch ihm – von Gott in seiner unermesslichen Güte und Weisheit als Geschenk mit dem Auftrag überlassen worden war, es zu bebauen, seine Früchte zu ernten, womit er ihnen ihr Auskommen verschaffte, damit sie ohne Not zu leiden gottesfürchtig leben und IHN preisen konnten, mit den Füßen zu treten?

Glaubte er, das Leben, das ihm von der Vorsehung zugedacht worden war, ungestraft aufgeben zu dürfen?

Und was war mit den Folgen, wenn ein Kind seinen Vater und seine Mutter nicht ehrte und ihnen nicht gehorchte, wie es das 4. Gebot befahl? Ein Gebot, dessen Bedeutung daran zu erkennen war, dass es gleich hinter den dreien stand, die sich auf GOTT bezogen. Und für dessen Verstoß eine sehr harte Strafe vorgesehen war. Damals jedenfalls.

Anstatt ein Leben zu führen, an dessen Ende als Belohnung der Anfang des Daseins in ewiger Freude und nie endendem Glück im Licht versprochen worden war, wollte er ein obskurer „Schriftsteller" werden und davon leben, „Erfundenes", also „Lügengeschichten", zu erzählen. Um alle, die sie lasen, zu verderben. Und ihnen zusätzlich – und das war das Schlimmste – durch das Lügenlesen „Zeit" zu stehlen. Zeit, die unendlich kostbar war. Denn die Zeit gehörte allein Gott. Sie zu verschwenden, seine eigene und die der anderen, lästerte IHN und war von größtem Übel.

Davon abgesehen: Nichts war dümmer und überflüssiger als „Schriftsteller" zu sein. Denn alles, was wichtig war und es zu wissen gab, stand in der Heiligen Schrift. Deshalb brauchte es neben der Bibel, die als einziges Buch die von Gott offenbarte Wahrheit enthielt, keine weiteren Bücher.

Abgesehen von den ewigen Strafen konnte das, was Elijah vorhatte, nur im Elend enden. Denn statt in Demut, Bescheidenheit und Gehorsam seiner Bestimmung gemäß zu leben, wofür ihm sicherer Lohn zuteilwerden würde, wollte er sich stolz und hochmütig erheben und den Weg ihrer alten Ordnung verlassen. Aber Gott würde ihn beugen und bestrafen. Nicht nur in der anderen, sondern schon in dieser Welt. Er würde verhungern, ohne Dach über dem Kopf, ohne Familie, ohne den Schutz ihrer starken Gemeinschaft leben müssen und auch im Sterben würde er alleine sein.

„HERR", flehte Amos Landauer, „vergib ihm, denn er weiß nicht, was er tut."

Amos Landauer war sicher: Diese Gedanken konnte ihm nur der Böse eingeflüstert haben. Vielleicht war es eine weitere Prüfung. Für sie – und für ihn.

Sie jedenfalls hatten ihre Pflicht getan. Ihnen war nichts vorzuwerfen. Sie hatten ihn ernährt und großgezogen und ihm ein Leben vorgelebt, das einzig richtig war und zum Heil führen würde. Aber es war ihnen nicht gelungen ihn auf diesen schmalen, manchmal dornigen Pfad zu führen. Er wollte vielmehr seine eigenen, breiten und wie er vielleicht meinte, bequemen Wege gehen. Sie wuschen ihre Hände in Unschuld und nahmen auch diesen Schlag demütig hin. Wie alles, was sich in ihrem Leben ereignete.

Amos Landauer dachte an Jesus und sein Gleichnis vom Unkraut unter dem Weizen: „Mit dem Himmelreich ist es wie mit einem Mann, der guten Samen auf seinen Acker säte. Während nun die Leute schliefen, kam sein Feind, säte Unkraut unter den Weizen und ging wieder weg. Als die Saat aufging und sich die Ähren bildeten, kam auch das Unkraut zum Vorschein. Da gingen die Knechte zu dem Gutsherrn und sagten: Herr, hast du nicht guten Samen auf deinen Acker gesät? Woher kommt dann das Unkraut? Er antwortete: Das hat ein Feind von mir getan. Da sagten die Knechte zu ihm: Sollen wir gehen und es ausreißen? Er entgegnete: Nein, sonst reißt ihr zusammen mit dem Unkraut auch den Weizen aus. Lasst beides wachsen bis zur Ernte. Wenn dann die Zeit der Ernte da ist, werde ich den Arbeitern sagen: Sammelt zuerst das Unkraut und bindet es in Bündel, um es zu verbrennen; den Weizen aber bringt in meine Scheune."

Elijah war das Unkraut, das in ihre Gemeinde mit dem Weizen eingesät worden war. Sie hatten ihn aufgezogen, wie das Gebot es befahl. Aber jetzt kam die Zeit der Ernte und damit die Möglichkeit, es auszureißen. Wenn es denn wirklich Unkraut war. Vielleicht war es ja auch nur ein Kraut, das sie bisher noch nicht kannten. Und das vielleicht sogar nützlich war… wie… ja zum Beispiel wie die Kamille. Wie auch immer, dachte Amos, der HERR wird's schon richten.

Und dann gab es ja auch noch die Geschichte von dem verlorenen Sohn. Auch der verließ seine Eltern, um in der Welt sein Glück zu suchen. Er scheiterte auf der ganzen Linie. Dann kehrte er voller Reue in das Haus seiner Eltern zurück und die Freude war groß.

Alles, dachte Mary Ann, als sie sich an dieses Gleichnis erinnerte, könnte mit Gottes Hilfe vielleicht doch noch gut werden.

Vielleicht gab es also noch einen Funken Hoffnung für ihren Jungen. Vielleicht kehrte auch er, wie der verlorene Sohn, geläutert und reuevoll zurück, weil er erkannt hatte, dass das mit der Schriftstellerei eitel und nach den Worten des Predigers nichts anderes war als ein Haschen nach Wind. Und weil er das Leben, das er kannte, schließlich doch vermisste.

„Spring herum", sagten sie resigniert. „Und mache was draus."

Mary Ann küsste Elijah auf die Stirn, als er am nächsten Abend die Farm verließ, und sagte mit feuchten Augen: „Gott schütze dich."

Aber das tat ER nicht. Sie sollte ihren Sohn niemals wiedersehen.

BUCH II
GOLDENER
OKTOBER

8

ATTICUS BLAMER

Shawnees Rock. Drei Tage nach dem Fund des verlassenen Motorhomes, 18. Oktober

Tatsächlich hatte Umberto Umbertini am 20. Juli Elijah vor der Bar in Shawnees Rock aufgepickt. Besucher der Bar, die das sahen und bestätigen konnten, wunderten sich zwar, dass ein »Sektenjunge«, wie sie ihn nannten, oder ein Junge, der so gekleidet war und mit seinem Haarschnitt aussah wie »einer von denen«, zu dieser ungewöhnlichen Zeit, also etwa eine Stunde vor Mitternacht, vor ihrer Bar herumlungerte und dann ohne zu zögern in das superschicke und extrem teure »Motorhome« eingestiegen war.

„Da schau an", hatte einer von ihnen lachend gespöttelt: „Tagsüber sind sie bescheiden und arm in ihren schwarzen Einspännern unterwegs – ohne Spiegel, Rücklicht und Firlefanz. Aber kaum ist die Sonne untergegangen, holen sie ihre rollenden Wohnzimmer aus irgendeiner Garage – in der Scheune einer Farm werden sie eher nicht stehen, was würden ihre Pferde von ihnen denken – und machen die Gegend unsicher.“

„Genau", nahm ein zweiter den Faden lachend auf: „So sind sie eben, die Brüder und Schwestern: Nach dem frommen Abendgebet steigen die Weiber aus ihren knöchellangen Bodenfegern, ziehen knallenge Jeans oder Miniröcke an und dann geht's zu heißen Partys.“

Und ein Dritter kommentierte: „Und so verwandelt sich jede Nacht die fromme Betschwester in das ausgelassene Feierbiest. Aber hey, was machen ihre Kerle? Und vor allem: Wohin zieht es die?“

Die Umstehenden, und es waren alle Stammgäste da, denn ihre Bar öffnete am 20. Juli zum ersten Mal wieder, nachdem sie zwei Monate wegen Renovierungsarbeiten geschlossen war, die Umstehenden also lachten und amüsierten sich über die zotige Vorstellung. Da die Bar an diesem Wiedereröffnungsabend brechend voll gewesen war, standen viele ihrer Gäste auf der Straße, weil es drinnen heiß, stickig und die Luft zum Schneiden war. Daher gab es mehrere Zeugen, denen übereinstimmend an diesem Abend das Motorhome und der »Sektenjunge«, der dort eingestiegen war, im Gedächtnis haften geblieben waren.

Das »rollende Wohnzimmer« kam allerdings nicht aus Pennsylvania. Wie das Nummernschild auswies, war es in Kalifornien zugelassen.

Halb Amerika war ständig unterwegs und daher schien ihnen dies nicht weiter bemerkenswert. Ebenso alltäglich war, dass jemand, der sich zu einer Mitfahrgelegenheit verabredet hatte, in ein Auto stieg und mit ihm wegfuhr. Zumal an diesem Platz. Es war der einzige Kreisverkehr in Shawnees Rock, - von ihm aus ging es »in alle Richtungen« -, den alle passieren mussten, die irgendwohin wollten, und der daher nicht zu verfehlen war. Der Kreisel umschloss eine Insel, auf der Musikanten an Tagen, an denen der Bauernmarkt stattfand, ihre kleinen „Konzerte" gaben. Meist waren es zwei oder drei Leute. Aber es gab auch Einzelne, wie den Mann, der zu dem Arrangement von „The Shadow Of Your Smile" oder „Awful Lonely" und anderen Stücken aus einem Player den Solopart des Saxofons spielte. In den umliegenden Bars und Restaurants saßen die Gäste bei schönem Wetter draußen, genossen ihren Burger oder ihre Pizza, ihre kalte Coke oder ihr Eis und hörten den Musikanten zu. Viele verabredeten sich an diesem Platz, um dann gemeinsam etwas zu unternehmen. Wenn es dunkel wurde, war er jedoch wie ausgestorben. Die Restaurants schlossen nach Einbruch der Dämmerung – bis auf die Bar mit der Regenbogenfahne, die erst ab 22.00 Uhr geöffnet war. Daher wurden der Junge und das Motorhome von ihren Gästen bemerkt. Der Junge schien auf jemanden zu warten, der dann auch kam. Vielleicht hatte er sich nach langer Reise – möglicherweise war er von Küste zu Küste unterwegs – die Beine vertreten, während sein Vater am Rande der Stadt den Tank auffüllte? Dass es sein Vater war, der das Motorhome fuhr, lag auf der Hand. Denn der Junge hatte „Hi Dad" gesagt, als ihm der Fahrer die Tür öffnete, und der hatte erwidert: „Komm Sohn, steig ein."

Einer der befragten Zeugen, der in diesem Augenblick auf dem Weg zur Bar am Motorhome vorbeigekommen war – er hatte seinen Schritt verlangsamt, weil er sich für Trailer interessierte –, hatte diesen kurzen Wortwechsel zweifelsfrei gehört. Und er erinnerte sich noch, dass, nachdem der Junge eingestiegen war, von drinnen „Go West" von den Pet Shop Boys in voller Lautstärke dröhnte, was für beste Laune der beiden und ihren Aufbruch Richtung Westen sprach.

Nach einer Entführung, nach der Anwendung von Zwang oder Gewalt, sah es jedenfalls nicht aus. Und daher verloren sie rasch das Interesse an dieser Szene und wandten sich wieder anderen Themen zu. Obwohl ein Junge dieses Alters im Umfeld ihrer Bar zu dieser Zeit schon etwas ungewöhnlich war. Der »Stiefelknecht« war eine Bar für Männer, für »Bären & Biker«. Nichts für smarte Jungs, von denen sich nie einer nachts hierhin verirrte. Aber dennoch schien alles normal zu sein. Hätten sie wegen des »Sektenjungen« Verdacht geschöpft, hätten sie, ohne zu zögern, den Sheriff gerufen.

Dies fand Atticus Blamer, genauer gesagt Atticus Paul Blamer, heraus. Das heißt, die Aussagen der Zeugen bestätigten, was er größtenteils bereits wusste.

Atticus P. Blamer war als Ermittler unterwegs. Er war von Kalifornien am Morgen angereist, um sich ein Bild zu machen und ein paar Dinge zu überprüfen.

Blamer war lakonisch, beschränkte sich, wenn er redete, auf's Notwendigste, was als »kurz angebunden« rüberkam. Er machte den Eindruck eines Eigenbrötlers, hatte weder Vorurteile noch Berührungsängste, was ihm bei seinen Kolleginnen und Kollegen den Ruf einbrachte, ein wenig skurril zu sein. Vielleicht gehörte dies zu seinem englischen Erbe? Seine Vorfahren waren aus

Oxford ausgewandert. Und noch immer merkte man ihm etwas davon an. Er war ein brillanter Denker und seine Hypothesen trafen meist den Punkt. Allerdings ging ihm nichts schnell genug. Um Zeit zu gewinnen, sprach er, wenn er laut dachte, selbst die Sätze nur zur Hälfte aus. Kein Partner hätte es an seiner Seite ausgehalten. Daher arbeitete er allein. Er fragte viel – und sagte wenig. Blamer war bemerkenswert unauffällig – mittelgroß, mittelgewichtig, gekräuselte Haare, schwarze Augen, keine Brille, kein Bart, Anzug und Krawatte gekauft in einer X-beliebigen Mall. Mehr wusste niemand von ihm zu sagen. Das störte ihn nicht. Es kam ihm nur auf seine Ergebnisse an. Und die konnten sich sehen lassen. Seine Zuständigkeit lag im Bereich von Mord und Totschlag.

Durch seine Befragung im Stiefelknecht wusste er nun, dass es diesen „Elijah" gegeben hatte – und dass es eine Verbindung zwischen ihm und diesem mysteriösen Wohnmobil gab.

Es war spät geworden in der Bar. Blamer hatte sich, nachdem er mit seiner Befragung fertig war, mit einigen „Bären und Bikern" unterhalten und, da seine Dienstzeit längst zu Ende war, einige Biere mit ihnen getrunken. Warum auch nicht. Solange sie sich an die Gesetze hielten, unterschieden sie sich nicht von allen anderen amerikanischen Bürgern und hatten den gleichen Respekt verdient. Auch wenn der eine oder andere, Tattoo übersät, beringt, gepierct und Totenkopf geschmückt, wild aussehend und martialisch daherkam, waren die meisten nett und hilfsbereit. Ihr Outfit war Attitüde. Sie sagte etwas aus über ihren Schein – aber nicht über ihr Sein.

Kurz vor Sonnenaufgang wurde Blamer hundemüde und checkte im einzigen Motel der Stadt ein, um wenigstens ein paar Stunden zu schlafen. Der Mann an der Rezeption hatte ihm die Adresse der Landauers geben können, so dass er am Morgen nicht alle möglichen Farmen auf der Suche nach ihnen würde abklappern müssen. Sie sei leicht zu finden, sagte er noch, denn das Rot, mit dem sie angestrichen war, würde schon von weitem gut zu sehen sein.

Atticus' Schlaf war kurz, aber gut.

9

FARMBESUCH

Farm von Amos Landauer. 19. Oktober. Später Vormittag

Wo ein Detective auf der Bildfläche erscheint, gibt es auch ein Verbrechen. Meistens jedenfalls. Und wenn es kein Verbrechen ist, dann ist es mindestens ein Fall.

Das dachten sich auch Elijahs Eltern, als Atticus Blamer bei ihnen auf der Farm erschien, seine Marke zeigte und sich ohne Umschweife danach erkundigte, ob sie einen gewissen „Elijah", der sich auch „El" nannte, kannten.

„Was wollen Sie von ihm? Und was wollen Sie von uns?", fragte Amos Landauer misstrauisch, ungehalten und nervös.

„Und, kennen Sie ihn?", insistierte Blamer.

„Natürlich kennen wir ihn. Er ist unser Sohn. Und er ist hier zu Hause. Aber derzeit ist er nicht daheim. Er macht sein »Rumspringa« in Kalifornien. In einem Camp, soviel wir wissen. Um sein Englisch zu verbessern. Er hat in einem Schreibwettbewerb gewonnen. Wir haben nicht gewusst, dass er sich an so etwas beteiligt. Jedenfalls hat sein Coach, der ihm etwas beizubringen versucht, ihn vor ein paar Wochen in Shawnees Rock abgeholt."

„Stopp" unterbrach Atticus. „Haben Sie diesen Coach gesehen? Können Sie ihn beschreiben? Haben Sie mit ihm gesprochen?"

„Nein. Haben wir nicht. Wir sind ihm nicht begegnet. Er kam ja nicht hier vorbei, sondern hat Elijah in der Stadt abgeholt. Jemand von unseren Leuten, der dort zu tun hatte, hat ihn in seiner Kutsche mitgenommen. Der Coach hätte unser Haus im Dunkeln wohl nicht gefunden. Stimmt etwas nicht mit ihm? Ich fand dieses Camp übrigens keine gute Idee", fuhr Amos Landauer fort, ohne eine Antwort abzuwarten, „aber ich musste Elijah ziehen lassen. Es ist eine Tradition bei uns, dieses »Herum-

71

springa«. Und die wollte ich nicht brechen," sagte Landauer und schob die Frage nach: „Sie wissen, was ..."

„Ich weiß, was das ist" sagte Blamer knapp. „Wann und von wo hat sich ihr Sohn bei Ihnen zum letzten Mal gemeldet?"

„Gemeldet", wiederholte Landauer gedehnt, „also gemeldet hat er sich bisher nicht. Weder von unterwegs noch von dort. Und wir haben auch keine Adresse von ihm. Aber so ist er eben. Und angesichts seines Alters ist er noch mehr als sonst durch den Wind. Wie kommen Sie überhaupt an seinen Namen? Und woher wissen Sie, dass er hier zu Hause ist?" fragte Amos Landauer lauernd.

„Aus Papieren", antwortete Blamer knapp. „Aus einem Brief."

„Einem Brief an uns?", mischte sich Mary Ann Landauer ungeduldig ein. Haben Sie ihn dabei? Können wir ihn lesen?"

Atticus schüttelte den Kopf. „Der Brief ist ein Dokument und als Beweismittel beschlagnahmt."

„Beweismittel? Beschlagnahmt? Beweismittel für was und beschlagnahmt weshalb? Ist etwas nicht in Ordnung mit Elijah? Ist ihm etwas zugestoßen? Hat er etwas angestellt? Ist er über die Stränge geschlagen? Hat er Sie geschickt?", fragte Elijahs Mutter aufgeregt und ihre Stimme zitterte.

Wieder schüttelte Atticus Blamer den Kopf. „Ihr Sohn wird keines Vergehens beschuldigt. Er hat nichts angestellt. Ich habe nur ein paar Fragen an ihn. Sie haben ihm erlaubt, ihre Farm zu verlassen. Von daher ist er noch nicht einmal als Ausreißer unterwegs. Deshalb bin ich nicht hier. Ich brauche eine Speichelprobe von einem von Ihnen, eine Haarprobe von ihrem Sohn Elijah und sein Schreib- und Rechenheft, das er zuletzt benutzt hat.

Die Landauers schauten sich fragend an.

„Sie haben das Recht, die Speichelprobe zu verweigern. Aber in diesem Fall würde ich eine richterliche Anordnung erwirken und wiederkommen", klärte Blamer sie pflichtgemäß auf.

„Nein", sagte Mary Ann zögernd und schaute unsicher zu ihrem Mann. „Nein, das wird nicht nötig sein." Und bevor Amos etwas sagen oder erkennbar mit dem Kopf schütteln konnte, fragte sie entschlossen: „Was muss ich tun?"

Sie öffnete auf Anweisung Blamers den Mund. Er war froh, dass sie wenigstens während dieser kurzen Prozedur keine weiteren Fragen stellen konnte.

Atticus Blamer rieb mehrfach ein Wattestäbchen an ihren Wangentaschen, verschloss den Abstrich in einem Röhrchen und tütete danach einige Haare aus Elijahs Kamm in einen Plastikbeutel ein. Ein Foto von ihrem Sohn, um das sie Blamer bat, besaßen sie nicht. Sie zeigten ihm stattdessen eine rasch, aber mit Talent hingeworfene Bleistiftskizze, die jemand aus einem unerfindlichen Grund bei einem unbekannten Anlass angefertigt hatte, und auf der Elijah, wie sie meinten, ziemlich gut getroffen worden war.

Sie reichten ihm das Blatt, damit er es anschauen konnte.

Ob er es mitnehmen könne, fragte Atticus.

Beide schüttelten entschieden den Kopf.

Ob er dann wenigstens ein Foto davon machen dürfe, fragte er.

„Eigentlich ist es nicht erlaubt...", wandte Amos Landauer ein.

„Eigentlich vielleicht nicht", dachte Atticus. „Und das heißt wohl „uneigentlich schon."

Er legte die Zeichnung auf den Tisch, nahm kurzerhand sein Handy aus der Hosentasche und schoss, bevor sie protestieren konnten, eine Serie von Fotos der Portraitskizze, auf der Elijah zu sehen war.

„Danke!" sagte er spitz. „Und jetzt das Schreib- und Rechenheft bitte", sagte er in einem Ton, wie der Chefarzt während einer Operation die einzelnen Instrumente anfordert. Wer so aufgefordert wird, lässt sich auf keine Diskussion ein, sondern tut, um was er gebeten wird. Auf Wortgefechte mit diesem immer streitbereiten Amos hatte Atticus keine Lust.

„Ach so. Ja, stimmt. Die Hefte... Sorry. Wo.., also wozu will er denn seine alten Hefte haben?", fragte Amos Frau ungläubig,

73

während sie beide Blamer übergab. „Sind die..., sind die für eine neue Schule... vielleicht?"

„Nicht e r will sie. I c h brauche sie. Sie bekommen sie zurück, sobald die Untersuchung abgeschlossen ist."

Weil ihn beide verwundert ansahen, bekräftigte er: „Keine Sorge. Ich bringe Ihnen beide Hefte höchstpersönlich vorbei", wobei nicht klar war, ob er das ironisch meinte.

„Eine Frage: Wie ist ihr Sohn? Also was ist er für ein Mensch?" fragte Blamer.

Amos antwortete: „Das wüssten wir auch gerne. Wir wissen nicht, was in ihm vorgeht. Er will mit dem Kopf arbeiten, aber nicht mit seinen Händen. Mit anderen Worten: er ist ein Faulenzer. Er brütet etwas aus. Was immer das ist. Er nimmt keine Lehre an. Wir werden nicht schlau aus ihm. Wenn wir „hü" sagen, geht er „hott". Und wenn wir „hott" sagen, geht er „hü". Ein böser Geist ist in seinem Kopf und verwirrt ihn. Er wird böse enden, denke ich. Vielleicht landet er in einem Narrenhaus. Oder ist er schon dort? Hat Sie jemand geschickt, um hier auf den Busch zu klopfen? Wir zahlen nichts. Wir haben alles für ihn getan. Das ist jetzt nicht mehr unsere Sache. Und wir kommen auch so kaum über die Runden. Es ist aussichtslos und mit ihm ist nichts anzufangen."

„Aber", meldete sich Mary Ann und sagte entschuldigend: „vielleicht wächst sich seine Sonderbarkeit ja auch aus. Und er findet zurück auf den rechten Weg. Aus Saulus ist ja auch Paulus geworden. Und durch Blitz und Donner ist auch Luther...".

„Elijah ist so verstockt, dass selbst Blitz und Donner nichts ausrichten könnten, selbst wenn sie in ihn fahren würden" unterbrach sie Amos. Es ist hoffnungslos. Ein Dämon herrscht über ihn. Es brodelt in seinem Kopf wie in einem Vulkan. Und irgendwann bricht dieser Vulkan einmal aus."

„Danke" sagte Blamer, nicht sehr überrascht von dem, was sie von ihrem Sohn hielten. Das genügt. Ich weiß Bescheid. Darf ich kurz einen Blick in sein Zimmer werfen?"

Sie begleiteten ihn nach oben und ließen ihn allein.

Blamer schaute sich um. Das Zimmer war steril und kalt. Die Möbel, Bett, Schrank und Truhe, waren schlicht. Auf einem schmalen Waschtisch stand ein Waschlavoir. Das Zimmer mit kahlen Wänden schien von keinem lebenden Wesen jemals bewohnt worden zu sein. Nichts deutete darauf hin, dass hier ein Teenager zu Hause war. Kein Poster. Kein Spiegel. Einfach Nichts.

„Und, etwas gefunden? Was suchen Sie überhaupt", fragte Amos gereizt, nachdem Blamer nach etwa einer halben Stunde aus Elijahs Zimmer wieder in die Küche gekommen war.

„Ich wollte mir nur ein Bild von Elijah machen und das habe ich nun", antwortete Blamer, ohne zu sagen, was er damit meinte.

Mit einem: „Danke, das war's auch schon", wollte er seinen Besuch beenden und war schon fast durch die Tür.

„Ach, was ich fast vergessen hätte", wandte er sich noch einmal um: „Ich melde mich, sobald die Untersuchung abgeschlossen ist. Bitte sehen Sie in der Zwischenzeit von Rückfragen ab. Solange die Ermittlungen laufen, darf ich Ihnen keinerlei Auskünfte geben. Aber rufen Sie mich bitte an, sollte Elijah sich melden oder plötzlich vor der Türe stehen", sagte er, während er sowohl Mr. als auch Mrs. Landauer seine Karte gab.

Beide nahmen die Karte entgegen, obwohl es kein Telefon gab, von dem aus sie ihn hätten anrufen können. Sie waren zu verwirrt, um daran zu denken.

Blamer war aus heiterem Himmel wie ein plötzliches Unwetter über sie hereingebrochen. Und so rasch und heftig, wie ein solches manchmal auf sie niederprasselte, so rasch war es auch wieder vorbei. Sie waren ratlos und würden geduldig warten, was Blamer ihnen mitzuteilen hatte, wenn es so weit war. Und wenn sie etwas von Elijah hören sollten, würden sie Blamer nicht anrufen, sondern ihm schreiben. Gott telefonierte ja auch nicht, sondern sprach direkt mit Moses und den Propheten – oder er schrieb – , wenn auch auf steinerne Tafeln.

Blamer verließ das Haus. Einerseits hielt er es für unwahrscheinlich, dass der Junge sich bei seinen Eltern melden würde. Er wusste aus dem Brief, wie schwierig sein Verhältnis zu ihnen gewesen war, was er jetzt nachvollziehen konnte. Und darüber hinaus bestand der begründete Verdacht, dass er es nicht mehr konnte, dass Elijah zu gar nichts mehr in der Lage war. Andererseits: Völlig ausgeschlossen war es wiederum nicht, dass er plötzlich zu Hause auftauchte.

„Wunder", dachte Blamer, und er dachte es ohne spöttischen Unterton: „Wunder gibt es immer wieder."

Er hoffte, dass es auch ein solches Wunder für Elijah gab.

Atticus zuckte die Schultern, als er über den Hof zu seinem Auto ging und die altertümlichen Gerätschaften, die rappelige Kutsche mit den eisenbeschlagenen Rädern und die auf Leinen aufgehängte Wäsche mit den Bestandteilen ihrer Tracht sowie ihrer – jedes Begehren tötenden – Unterwäsche sah. Sie gehörten in ein Museum, in den Fundus eines Theaters, in die Altkleidersammlung oder in die Klamottenkiste einer Geisterbahn.

„Erbarmung", stöhnte er und konnte jeden verstehen, der von hier Reißaus nahm und an einem anderen Ort versuchte, ein ganz normales Leben zu führen.

In seinem Auto warf er einen flüchtigen Blick in die beiden Hefte. Obwohl er kein Experte war, hatte er nicht den geringsten Zweifel, dass der Schreiber der Hefte identisch mit dem Schreiber des langen Briefes war, den sie gefunden hatten. Der Graphologe, der sich Brief und Hefte ansehen würde, konnte nur zu dem gleichen Ergebnis kommen.

Blamer hatte es eilig. Denn wenn er den nächsten Flug nach Monterey verpassen würde, müsste er noch einmal übernachten und verlor diesen und den nächsten halben Tag.

10

MORD

Soledad (Kalifornien), Pinnacles-Nationalpark. 15. Oktober

Drei Tage, bevor er zu seiner Recherche nach Pennsylvania aufgebrochen war und mit seinen Ermittlungen dort begonnen hatte, war ein Motorhome in der Nähe von Soledad, östlich von Monterey, aufgefallen. Es stand etwas abseits, war unbeschädigt, aber befand sich in einem Areal, in dem es eigentlich verboten war anzuhalten. Als die Polizisten im Streifenwagen es sahen, stoppten sie, um nachzusehen, was los war.

„Könnte sich um eine Panne handeln, vermutete einer von ihnen. „Oder aber da können es zwei nicht länger aushalten und schieben rasch eine schnelle Nummer", wandte der andere lachend ein. „Und das in einer Verkehrsverbotszone. Schauen wir nach."

Sie schalteten das Blaulicht ein, ließen die Sirene kurz aufheulen, stiegen aus und näherten sich dem Fahrzeug.

Eine kurze Abfrage in der Zentrale ergab, dass der Fahrer des Wagens am 13. Oktober, also zwei Tage vorher, schon einmal aufgefallen war. Er hatte in Monterey eine rote Ampel überfahren, war verwarnt worden und hatte 700 Dollar Strafe zu zahlen. Die BodyCam des Verkehrspolizisten hatte den Vorfall aufgezeichnet.

Sie klopften an die Wagentür.

Da sie sich hinreichend angekündigt hatten, mussten sie nicht groß erklären, wer sie waren.

„Öffnen Sie die Türe – und steigen Sie langsam aus!" lautete die dringende Aufforderung.

Nichts tat sich.

Sie wiederholten die Anweisung – diesmal wesentlich lauter und äußerst barsch.

Als wieder nichts geschah, zogen sie ihre Waffen, gaben sich gegenseitig Deckung und öffneten vorsichtig die Türe, die nicht abgeschlossen war.

Ein Schwarm Fliegen summte ihnen entgegen. Es roch metallisch. Sie wussten gleich, was das bedeutete. Blut! Große Mengen frisches Blut. Als sie einen Blick in den Innenraum warfen, sahen sie, dass hier etwas geschehen war.

Sofort informierten sie die Zentrale in Monterey.

Atticus Paul Blamer, der als Detective 1st diese Meldung auf den Tisch bekam, machte sich unverzüglich auf den Weg und begann mit seinen Ermittlungen.

Als er das Flatterband sah, das die Polizisten weiträumig um das Fahrzeug gespannt hatten, war er am Ziel. Er fragte, was sie vorgefunden hätten, ob es Zeugen gebe oder ob ihnen sonst etwas aufgefallen wäre.

Sie hatten sich umgesehen, aber nichts Auffälliges bemerkt – keine Spuren, die irgendwohin führten. Und Zeugen gab es ebenfalls nicht. Nur dass das Fahrzeug am 13. Oktober im Monterey auffällig geworden war, hatten sie herausgefunden und das berichteten sie ihm.

Blamer stülpte die Überzieher über seine Schuhe, zog sich Handschuhe an und betrat das Motorhome.

Alles war, wie die Polizisten ihm gesagt hatten, voller Blut. Blut, das vermutlich nicht durch die Verletzung infolge eines Unfalls aus einer Wunde ausgetreten war. Zum Beispiel durch ein abgerutschtes Messer während der Vorbereitung des Essens oder durch die ungeschickte Benutzung eines Werkzeugs. Vielmehr Blut, das, wie die Spritzspuren an Gegenständen und Wänden zeigten, aus einem Körper herausgeprügelt worden war. Herausgeprügelt, vielleicht durch brutale Schläge ins Gesicht mit einem Schlagring oder einem anderen Gegenstand. Das würde der Forensiker herausfinden. Gefundene Kabelbinder wiesen auf Fesselungen hin. Das schien ebenfalls auf Folter hinzudeuten. Und abschließend schien das Opfer erstochen worden zu sein.

Das Fahrzeug war ein Tatort. So viel stand fest. Von dem Opfer des Gewaltakts, vermutlich eines Überfalls, bei dem von der getöteten Person, vermutlich handelte es sich um den Fahrer und/oder Eigentümer des luxuriösen Wohnmobils, etwas „herausgeprügelt" worden zu sein schien, die Nummer seiner Kreditkarte vielleicht oder ein Versteck – vielleicht ging es um Geld oder Drogen –, war nichts zu sehen.

Blamer informierte die Spurensicherung und ließ den Halter des Motorhomes und seine Adresse ermitteln. Er lebte offenbar in San Francisco.

Während er mit den beiden Polizisten noch einmal ergebnislos die unmittelbare Umgebung des Tatorts absuchte, ließ er seine Kollegen in San Francisco zu dem als Adresse angegebenen Haus fahren, als dessen Eigentümer ein gewisser „Umberto Umbertini" eingetragen war. Als die Beamten sein Haus in Pacific Heights betraten, einem angesagten Stadtteil, in dem vorwiegend young urban professionals und vermögende Einwohner lebten und in dem daher etwas zu holen war, fanden sie niemanden vor. Aber jemand war vor ihnen da gewesen. Einbrecher hatten es heimgesucht. Und sie hatten sich nicht damit begnügt, Schubladen auszuleeren, Schränke aufzubrechen, Kommoden zu durchwühlen, Kissen und Matratzen aufzuschlitzen, sondern sie hatten randaliert. Alles war kurz und klein geschlagen. Sie hatten ein vollkommenes Chaos angerichtet. Das war ein Einbruch, verbunden mit schlimmstem Vandalismus. Das war nicht das Werk eines Einzelnen – dafür hätte er zu lange gebraucht und zu viel Kraft aufwenden müssen. Es könnte das Werk einer Bande gewesen sein. Mindestens aber waren es zwei, ließen die Kollegen Blamer wissen.

Auch im Haus in Pacific Highs fand sich keine Spur von Umbertini. Was von den Einbrechern gesucht wurde oder was aus seinem Haus fehlte, konnte ohne ihn nicht festgestellt werden.

Während die Kollegen im Haus von Umbertini nach weiteren Hinweisen suchten, die sie vielleicht zu den Tätern führen konnten, nahm die Spurensicherung das Motorhome auseinander. Und wurde fündig. Zwischen Einbanddeckel und Vorsatzpapier des Romans von John Steinbeck „Cannery Row" steckte ein Brief. Den Roman hatte Blamer gelesen. Schließlich war er in Monterey zu Hause. Und wie jedem, der dort wohnte, war auch ihm „Die Straße der Ölsardinen" bestens vertraut.

„Mal sehen, was wir hier haben" murmelte Blamer, als er die Seiten des Briefs aus dem Umschlag nahm und überflog.

Es war eine Art „Bewerbungsschreiben" auf die Anzeige „Dad sucht Sohn".

Der Schreiber gab sich als Elijah, kurz El, aus, beschrieb in vermutlich verstellter, kindlicher Schrift einige obskure Szenen aus einem wahrscheinlich zusammenfantasierten Farmleben und gab vor, davon zu träumen, sich mit diesem »Dad«, also dem Besitzer des Motorhomes, verabreden zu wollen. Das musste erst einmal nichts bedeuten. Es konnte eine reine »Fake-Beziehung« sein. Ein »Fake Sohn« schrieb seinem »Fake Dad«. Und das genügte jedem von ihnen, um beim Lesen abzukeulen. „Sich selbst zu befriedigen", verbesserte sich Blamer. Das heißt, es konnte eine rein virtuelle Beziehung sein, ohne dass es zu einem persönlichen Kontakt gekommen sein musste. Eine Beziehung vielleicht zwischen zwei Erwachsenen, die Gewinn daraus zogen, so zu tun als wären sie Vater und Sohn. Wobei sie ihre Rollen gelegentlich wechselten oder vielleicht sogar das Geschlecht. Das war speziell, aber nicht verboten. Wenn es dem »Dad« Spaß machte, seinem »Sprössling« die Windeln zu wechseln, ihn auf's Töpfchen zu setzten, ihn zu füttern, ihm den Hintern abzuwischen, ihn zu versohlen, zu pudern oder „den Kleinen" zu baden, dann war das seine Sache. Zumindest so lange, wie es nicht in der Öffentlichkeit geschah. Auf solchen »Spielwiesen« tummelten sich, wie Atticus Blamer wusste, erstaunlich viele Menschen. Von Ministern, Politikern, Managern, Bankern, Professoren, Ärzten, Geistlichen, Handwerkern, Künstlern und Polizisten – Polizisten waren auch nur Menschen mit Stärken und Schwächen – bis zu Hilfsarbeitern und Tagelöhnern war alles dabei. Und was sie sich einfallen ließen, die verschiedenen Herrschaften, war so vielfältig und bizarr, wie es die Schatten der Olivenbäume in mondhellen Nächten sind, wenn sie zu Gespenstern mutieren. Aber sobald es morgen wird und der Stern des Tages die Herrschaft übernimmt, kehren sie als normale, knorrige Olivenbäume in die Welt zurück. Und in der Mitte des Tages ist ihnen nichts Gespenstisches mehr anzusehen. Und so verhielt es sich auch mit den „Role-Players".

Solche Tag- und Nachtseiten der Menschen interessierten Blamer nicht. Wenn überhaupt fielen sie in die Zuständigkeit der Sittendezernate oder waren ein Fall für die Psychiater, sofern sie nicht selbst Teil dieser Community waren.

Für Blamer war nur eine Frage wichtig: wer war der Schreiber? Könnte er vielleicht doch so jung gewesen sein, wie er behauptet hatte? War die Verabredung, die er sich wünschte, zustande gekommen? Und wenn ja, wo war der Schreiber jetzt? Konnte er möglicherweise das Opfer sein? Oder stand er auf der anderen Seite – und hatte etwas mit dem Verbrechen zu tun?

Es war die einzig verfolgbare Spur. Und daher betrachtete es Blamer als vordringlich, festzustellen, ob es diesen vermeintlichen jugendlichen Typen gab, ob er sich mit Umbertini „zum Rollenspiel" getroffen hatte, und falls ja, ob er in seinen Wagen eingestiegen war und mit ihm die Stadt verlassen hatte.

Shawnees Rock, die Stadt, in der sich Elijah alias El mit Umberto Umbertini treffen wollte, gab es, obwohl er noch nie von ihr gehört hatte. Und auch die Bar hatte sich im Netz einschlägig interessierten Gästen vorgestellt.

Und deshalb hatte sich Blamer am 18. Oktober auf den Weg gemacht. Er war von Monterey nach Philadelphia geflogen, hatte ein Auto gemietet und war Richtung Lancaster County gefahren. Nach gut einer Stunde hatte er Shawnees Rock erreicht. Dort hatte er gefunden, was in dem Brief beschrieben worden war. Auch die Bar, die einen Stiefel im Emblem ihres Schildes führte. Er hatte mit Augenzeugen gesprochen, die sicher bestätigten, dass ein Junge im »Sektenoutfit« mit dem typischen Haarschnitt und den Hosen, die von Hosenträgern gehalten wurden, in dieses Motorhome eingestiegen und mit ihm weggefahren war. Auch die Eltern des Jungen bezeugten seinen Aufbruch und seine Abwesenheit. Daher war nicht auszuschließen, dass das aufgefundene Blut möglicherweise von Elijah stammte. Vielleicht war die Situation eskaliert, waren die »Spiele«, von denen in der Annonce und in dem Brief die Rede war, aus dem Ruder gelaufen und in brutale Gewalt umgeschlagen, deren Opfer der Junge geworden war?

Aber das waren bloße Vermutungen – und es konnte auch ganz anders gewesen sein.

Die Vermutungen würden bald der Gewissheit weichen, jetzt, wo er im Besitz der Haar- und Speichelprobe war.

Der Ball lag nun im Feld der Forensiker. Sie hatten den Auftrag, die DNA des im Innern des Wohnmobils gefundenen Bluts mit der DNA von Elijah abzugleichen. Der Brief sowie die Hefte von Elijah lagen dem Graphologen zur Begutachtung vor. Sicher ist sicher, dachte Blamer, obwohl er auch ohne Gutachten keinen Zweifel hatte, dass der Schreiber dieses Briefes Elijah war.

Blamer hatte alles persönlich im Labor vorbeigebracht. Jeder wusste, was das bedeutete.

Monterey. Blamers Büro. 23. Oktober

Nach vier Tagen lagen die Ergebnisse endlich vor.

„Und?", fragte Blamer? "Wie sieht's aus?"

Nach Smalltalk war ihm nicht zumute. Fordernd wiederholte er seine Frage, bevor der Kollege seinen üblichen Sermon loswerden konnte, wie schwierig es war, seinen Spezialauftrag zwischen dem hektischen Tagesgeschäft auch noch zu erledigen, wie chronisch überarbeitet das Team sei und dass auch er auf dem Zahnfleisch gehe, etc. etc.

„Und?!"

Der Kollege fasste sich kurz:

Punkt 1: „Der im Motorhome gefundene Brief kann eindeutig der gleichen Person zugeordnet werden, der das Schreib- und Rechenheft gehört. Die Schrift ist identisch. Und die Abrisskanten der als Brief verwendeten Seiten passen exakt mit den Abrisskanten in den beiden Heften zusammen."

Damit waren die letzten Zweifel ausgeräumt, dass Elijah der Schreiber des Briefes, der „Bewerbung" war, die im Motorhome gefunden worden war. Ein weiteres Indiz dafür, dass er an Bord gegangen und mitgefahren war.

Punkt 2: „Das Blut aus dem Motorhome stammt jedoch nicht von ihm, nicht von dem Jungen."

Die Spurensicherung, die Umbertinis Haus in Pacific Highs unter die Lupe genommen hatte, hatte auch dort DNA-Spuren gesichert und, nach Anweisung von Blamer, das Labor veranlasst, die Befunde im Haus mit denen des Blutes aus dem Wohnmobil zu vergleichen: „Sie waren sämtlich eindeutig und unzweifelhaft einer einzigen Person zuzuordnen. Umbertini. Es war kein Fremdblut nachzuweisen, das von dem oder eher »von den Tätern« stammte", sagte das Labor.

Umberto Umbertini war, das stand fest, mit großer Wahrscheinlichkeit in seinem Motorhome, nicht weit von Soledad, am Rande des Pinnacles-Nationalparks, gefoltert und ermordet worden. Von dem oder, wie es hieß, von den Tätern.

Von mehr als einem Täter ging auch die Spurensicherung in dem völlig verwüsteten Haus von Umbertini in San Franzisco aus.

Und »mehr als ein Täter« bedeutete mindestens zwei.

In beiden Fällen, also beim Einbruch und beim Mord, war von zwei Tätern auszugehen.

Und beide Taten wurden mit immenser Gewalt, übermäßiger Grausamkeit und extremer Wut ausgeführt.

Das machte Blamer stutzig: Zwei Taten. Beide Male das gleiche Opfer betroffen. Beide Tatorte „Pacific Heights" und „Pinnacles-Nationalpark" lagen räumlich nicht weit voneinander entfernt. Das sah nicht nach einem Zufall, sondern nach einem Muster aus. Einem Muster, bei dem Rache oder rasende Wut im Spiel gewesen sein könnten.

Blamer hatte den Eindruck, auf einen wichtigen Punkt gestoßen zu sein.

Und was war mit Elijah? Wo war er abgeblieben? War er unterwegs auf der Fahrt ausgestiegen? Hatte er sie fortgesetzt bis nach San Francisco oder sogar darüber hinaus? Hatte er das Geschehen im Motorhome mit ansehen müssen? Wie hatte er sich retten können? Irrte er unter Schock hilf- und orientierungslos umher und versteckte sich in dem unwirtlichen Gebiet des Pinnacles-Nationalparks? Oder hatte er etwas mit der Tat zu tun und befand sich auf der Flucht?

„… zu tun", sagte Blamer, der bei seinen Hypothesen prinzipiell keine Möglichkeiten ausschloss. Auch wenn sie noch so unwahrscheinlich schienen. „Mit der Tat zu tun", wiederholte er nachdenklich und „auf der Flucht".

Eigentlich war Elijah viel zu jung und zu schmächtig, um diese Taten, die Kraft erforderten, auszuführen. Andererseits hatte Blamer noch jüngere Burschen gesehen, die skrupellos mordeten und folterten und das Opfer dabei nach und nach verstümmelten und zerlegten.

Blieb noch die Frage nach dem Motiv. Und ein Motiv gibt es immer. Selbst wenn es Langeweile ist.

Also wenn Elijah als Täter in Betracht kommen würde, dann stellte sich die Frage nach dem „Warum".

Vielleicht waren die »Rollenspiele« außer Kontrolle geraten? Vielleicht hatten Drogen den Blutrausch ausgelöst und der Vulkan in Elijahs Kopf, von dem sein Vater gesprochen hatte, war explodiert? Vielleicht hatte Umbertini den Jungen gefangen gehalten und ihm fortwährend Gewalt angetan? Und dann hatte der Junge sich dagegen aufgelehnt und seinen Peiniger für immer loswerden wollen. Er fesselte ihn einvernehmlich, was keinen Verdacht erregte, weil sie es in ihren Rollenspielen immer wieder einmal taten. Und dann, als er wehrlos war, hat er ihn für seine Übergriffe, Vergewaltigungen und die ihm zugefügten Leiden bestraft. Er könnte eine Berserkerwut auf diesen falschen Dad entwickelt haben, weil er sich zwar vorgestellt hatte, dass er anders sein würde als andere. Aber wiederum nicht so anders, wie er es dann tatsächlich war: Ein Sadist der allerübelsten Sorte.

Wut – Rache – maßlose Enttäuschung: Für diese Motive gaben die Hypothesen Blamers eine Menge her. Aber dann musste es schon wirklich ganz dicke gekommen sein. Trotzdem waren die angerichteten Schäden im Haus für einen Einzeltäter eigentlich zu massiv und zu umfangreich.

Blieb noch Eifersucht als Motiv. Auch diese Möglichkeit war in Betracht zu ziehen.

Aber Eifersucht von wem auf wen oder was?

Vielleicht gab es einen „abgelegten" Geliebten, der Umberto übelgenommen hatte, dass er mit diesem Jungen abhing und nicht mehr mit ihm?

Blamer las die Kopie des Briefes noch einmal durch, den Elijah an Umberto geschrieben hatte. Als er über den Namen „Anuk" stolperte, fiel es ihm wie Schuppen von den Augen.

Zu dumm, dass er ihm nicht früher eingefallen war. Denn dann hätte er Elijahs Eltern nach dem „Praktikanten" befragen können. Aber er hatte ihm unerklärlicherweise keinerlei Bedeutung zugemessen. Anrufen konnte er die Landauers nicht, um das Versäumte nachzuholen. Blamer schlug sich gegen die Stirn. Er hatte es versemmelt.

Wenn er Anuk in die Überlegung mit einbezog, fügte sich das Puzzle zu einem Bild: Vielleicht hatte er Elijah mit Umberto in einer einschlägigen Situation überrascht oder Elijah Anuk mit Umberto, oder Umberto hatte beide „angemacht". Beide hatten sich empört, sich gegen Umberto verschworen, ihn für seine Perversität bestraft, seine Falschheit gerächt und ihn umgebracht. Eifersucht war ein starkes Motiv. Beide hatten Grund dazu. Es gab zwei mögliche Täter. Und »Indianer« waren – zumindest in früherer Zeit – Experten bei Folterungen am Marterpfahl. Das kannte er aus alten Western. Alles passte.

Von Anuk gab es nur die Beschreibung, die Elijah von ihm in seinem Brief an Umbertini gemacht hatte. Zu einer Personenbeschreibung taugte sie nicht viel.

Also ließ Blamer nur ein „Gesucht wird…." von Elijah verbreiten, mit dessen Bild – wie gut, dass er ein Foto von dem Bleistiftportrait gemacht hatte –, und dem Hinweis auf einen möglichen „indigenen Begleiter". Wenn er den einen fasste, hatte er auch den anderen am Haken.

Blamer ließ beide als Zeugen suchen, um sie nicht aufzuschrecken. Weil dies erfahrungsgemäß die Zungen löst, setzte er eine Belohnung von 1.500 Dollar aus.

12

DER ZEUGE

Monterey. Blamers Büro. 25. Oktober, 10.00 Uhr. Zwei Tage nach Veröffentlichung des Steckbriefs

Wie erwartet stand in den ersten Stunden nach der Veröffentlichung des Steckbriefs Blamers Telefon nicht still. Aber was ebenfalls vorherzusehen war: Elijah und Anuk wurden zur gleichen Zeit an unterschiedlichen, weit voneinander entfernt liegenden Orten gesichtet. Jeweils natürlich: „Ganz bestimmt." „Ohne jeden Zweifel."

Vor allem die Hinweise, die Anuk betrafen, versetzten Blamer in die Lage, sicher die Spreu vom Weizen zu trennen. Mal wurde er als „älter" beschrieben, athletisch, narbengesichtig und fett, oder mal sah er wie ein ziellos umherlaufender Hungerhaken im mittleren Alter aus. Dann glich er wieder einem heruntergekommenen Kiffer unbestimmbaren Alters, der so „stoned" war, dass er sich nur schwankend fortbewegen, sich kaum auf den Beinen halten konnte und die Tage passiv in Hauseingängen verschlief. Mal schien er sich als Drag Queen oder Drag King aufgedonnert zu haben. Mal waren beide schick gekleidet und schafften auf dem Jungenstrich an. Und dann wieder sahen sie aus wie minderjährige Bettelbrüder, die stahlen wie die Raben. Es gab kein Klischee, das nicht bedient wurde. Keine der Beschreibungen hatte auch nur annähernd eine Ähnlichkeit mit der Person, die Elijah in seinem Brief an Umbertini beschrieben hatte. Deshalb wusste Blamer, dass nichts von dem, was ihm erzählt wurde, brauchbar war. Das war nur Spreu. Kein Weizen. Noch nicht einmal ein einziges Korn. Es gab keinen Hinweis, der es wert gewesen wäre, überprüft zu werden.

Blamer wollte die Aktion schon als Misserfolg abhaken, als sich ein Zeuge im Monterey City Police Department meldete.

Er bestand darauf, einen gewissen »Blömer« sprechen zu wollen. „Also diesen Typen, der die 1.500 Mäuse ausgesetzt hat", denn er hätte eine wichtige Aussage zu machen.

Der Mann sah abgerissen aus. Aber da er sich nicht abwimmeln ließ, beschloss Blamer, sich auch sein Märchen – als letztes! – anzuhören.

Der Zeuge war ein heruntergekommenes Subjekt, das aus seiner zerschlissenen Kleidung nach saurem Schweiß und billigem Fusel stank.

„Sie sind?", fragte Blamer betont unfreundlich und sichtlich gelangweilt!

„Ron Kreuzweis."

„Und Sie wollen, Mr. Kreuz…?", fragte Blamer, der sich seinen Nachnamen nicht gemerkt hatte.

„Sie können mich Ronny nennen", bot Kreuzweis an.

„Sie können mich auch", dachte Blamer und ignorierte das Angebot, ihn bei dem viel einfacheren Vornamen zu nennen, wie seine Saufbrüder dies sicher taten. Lieber würde er sich die Zunge abbeißen, als sich auf eine Ebene mit diesem Individuum zu begeben.

„Ich will…, also ich möchte…", druckste Kreuzweis herum, um es dann doch herauszubringen: „Also ich komme, um die Belohnung abzuholen. Sie haben doch eine Belohnung ausgesetzt. Eintausendfünfhundert Riesen."

„Keine Ahnung, wovon Sie reden. Eine Belohnung wofür?", fragte Blamer und runzelte die Stirn.

„Aber das wissen Sie doch", antwortete Kreuzweis verunsichert oder eingeschüchtert.

„Ich? Ich weiß gar nichts. Ich bin doch nur der blöde Bulle. Sie helfen mir sicher auf die Sprünge."

„Also suchen Sie nicht zwei Jungs, von denen einer aussieht wie ein Indianer? Und der andere wie ein Page?", erkundigte sich Kreuzweis.

„Ein Page?", fragte Blamer irritiert.

„Ja, ein Page. So nenne ich ihn wegen seines Haarschnittes. So einen haben die Ritter den Pagen verpasst. Topf auf den Kopf, rundum abrasiert und fertig. So habe ich das im Comic gesehen. Und so sieht der Eine von denen aus."

„Wie auf dem Plakat?"

„Ja genau. Wie auf dem Plakat."

„Und Sie sind sicher, dass Sie ihn nicht nur auf dem Plakat gesehen haben?"

„Ganz sicher. Denn sonst wäre ich nicht hier. Dafür gibt's doch keinen Cent. Natürlich habe ich ihn gesehen. So wie ich Sie jetzt hier sehe. Und ich habe gleich gewusst, dass es der ist, der wie ein Page aussieht von dem Plakat. Das kann ich beschwören."

„Sie kennen sich offenbar aus mit Rittern und Pagen und dem Mittelalter. Comics bilden. Tandaradei! Das habe ich bisher wohl unterschätzt", kommentierte Blamer ironisch seine Aussage, um ihn dann zu fragen: „Sie lesen gerne Rittergeschichten und alte Märchen? Und Sie erzählen auch bestimmt gerne welche?"

„Welche?", wiederholte Kreuzweis irritiert.

„Ja genau. Welche!"

Jetzt dämmerte es Kreuzweis, was der misstrauische und unfreundliche Bulle meinte.

„Sorry", sagte er, „ich bin hier, um zu helfen. Aber Sie glauben mir nicht."

„Aha, und wem wollen Sie helfen? Ihnen oder mir?"

„Ihnen natürlich. Aber die Belohnung hilft auch mir."

„O.k., dann kommen wir zur Sache."

„Wie sah der Indianer aus?"

„Gut. Hübscher Junge. Lange Haare. Stolz und edel wie ein Prinz."

„Wie der aus Ihrem Mittelaltercomic? Und er war bekifft!"

„Nein. Das nicht. Und er hat auch nicht getrunken. Auch der andere nicht, soweit ich das sehen konnte."

„Und wie weit haben Sie gesehen, wie gut – und vor allem was?"

„Alles. Die beiden Jungs und was passiert ist. Ich dachte zuerst, es wäre ein Spiel und ein Unfall. Aber jetzt glaube ich, es war ein Mord. Also eigentlich war es beides. Es war ein Unfall **und** ein Mord. Aber ein Spiel war es sicher nicht. Da bin ich mir ganz sicher. Viel Blut", sagte er, „viel Blut."

„Viel Blut", dachte Blamer und beschloss, Kreuzweis nicht hinauszuwerfen. Wie er Anuk beschrieb, machte ihn glaubwürdig. Zumindest in einer homöopathischen Dosis. Obwohl es natürlich nur eins von beiden gewesen sein konnte, was er beobachtet haben wollte. Entweder einen Unfall oder einen Mord – oder auch nichts von beidem. Blut macht sich in einer Schilderung vor dem Chefinspektor einer Mordkommission immer gut. Je mehr davon fließt, desto besser. Für 1.500 Ocken sieht man viel, dachte Blamer.

Blamer bot ihm einen Becher Kaffee an.

„Milch? Zucker? Beides?"

„Nein, schwarz und stark. Und, wenn Sie haben, mit einem Schuss Cognac", sagte Kreuzweis grinsend und deutete keck auf die Schreibtischschublade.

Blamer hob die Augenbrauen.

„Und wo genau soll das gewesen sein, wo Sie beide gesehen haben?"

„Drüben, wo der Salinas in den Bay fließt. In diesem Pinienwäldchen, nicht weit vom Meer.

„Und was hatten Sie dort zu suchen? Und wie wollen Sie überhaupt dorthin gekommen sein?"

„Ganz einfach. Die Bullen haben mich in der Stadt aufgegriffen, Taxi gespielt, und mich draußen in der Pampa ausgesetzt. Kostenlos. Das machen die öfter. Aber ich komme immer wieder nach Monterey zurück. Da draußen gibt's einfach wenig zu gewinnen."

Das klang plausibel.

Blamer beschloss, ihn anzuhören. Vielleicht kam ja etwas Brauchbares dabei heraus, obwohl er gewisse Zweifel hatte.

13

UNTERGETAUCHT

Monterey City Police Department. Blamers Büro. 25. Oktober, 10.15 Uhr. Zwei Tage nach Veröffentlichung des Steckbriefs

Blamer fragte Kreuzweis, ob er seine Aussage mitschneiden dürfe. Kreuzweis erklärte sich einverstanden.

Blamer drückte die Taste des Aufnahmegeräts und sprach Datum und Uhrzeit auf.

Die Geschichte, die Kreuzweis ihm auftischte, war die abenteuerlichste, die ihm je untergejubelt worden war.

Auf die Aufforderung: „na, dann schießen Sie mal los", sprudelte es aus Kreuzweis geradezu heraus.

„Also, ich hab die beiden Jungen in dem Wäldchen gesehen. Sie mich aber nicht. Glaub ich wenigstens. Ich habe mich abseits gehalten. Wollte ihnen lieber nicht in die Quere kommen. Nicht, dass sie gefährlich ausgesehen hätten. Aber bei jungen Leuten weiß man nie. Sie schienen kurz vor mir angekommen zu sein. Hatten grade ihr Zelt aufgebaut. Und dann ist etwas passiert. Erst sah es harmlos aus. Der Pagenkopf ist ins Meer gegangen. Schließlich war er bis zu den Hüften drin und hat Wellenhüpfen gemacht. Aber auf einmal war er weit draußen und hat heftig mit den Armen rumgerudert und was geschrien. Da ist der Langhaarige losgerannt. Auf dem Weg zum Meer hat er seine Kleider weggeworfen. Als er am Strand angekommen war, ist er nackt gewesen. Von hinten sah er aus wie eine Frau. Er hat sich ins Meer gestürzt und ist in die Richtung geschwommen, wo der Pagenkopf wild um sich geschlagen hat. Dann hab ich den Pagenkopf nicht mehr gesehen. Der Langhaarige ist getaucht und hat geschrien, wenn er nach oben kam und Luft geschnappt hat. Auf einmal kamen zwei Boote herangeschossen. Sie haben den

Langhaarigen umkreist. Ich dachte, die kennen sich und es ist ein Spiel. Aber dann sind sie nicht mehr um ihn herumgefahren. Sondern auf ihn zu. Über ihn hinweg. Immer wieder. Und dann war das Meer plötzlich rot. Die beiden Boote sind weggefahren. Einfach so. Ich glaub, sie haben den Langhaarigen erwischt und der andere ist nicht wieder aufgetaucht. Ich hab alles gesehen."

„Und was ist mit dem Motorhome? Sie wissen schon, so ein »rollendes Wohnzimmer«", fragte Blamer.

„War da nicht. Hab keins gesehen."

„Sonderbar", sagte Blamer. „Es muss aber da gewesen sein. Das Motorhome, in dem es ein Verbrechen gegeben hat, und in dem »viel Blut« gewesen ist, fällt Ihnen nicht auf. Und die beiden Jungs, die es an einen anderen Ort gefahren haben müssen, lösen sich im Meer auf? Überhaupt gibt es in Ihrer Geschichte einiges, was seltsam ist. Sie stehen also zufällig zur richtigen Zeit an der richtigen Stelle, schauen zufällig auf's Meer, sehen zufällig zwei Jungs beim Baden zu, zufällig tauchen zwei Boote auf, zufällig überfahren sie einen der beiden. Und zufällig ist auch der andere plötzlich weg. Und das Motorhome ist auch verschwunden. Ziemlich viele Zufälle. Das wäre ein Stoff für ein Märchen. Meinen Sie nicht auch?"

„Nein. So „zufällig" war das ja gar nicht. Nicht, dass Sie jetzt etwas Schlechtes denken von mir. Aber als beide im Meer gewesen sind, also bevor dort etwas passiert war, wollte ich mal nachschauen, was sie so alles dabei hatten. Wie man das so macht. Deshalb musste ich beide im Auge behalten. Falls sie auf einmal zurückkämen, und denken würden, ich wollte etwas stehlen."

„Das wollten Sie natürlich nicht", sagte Blamer.

„Nein, wirklich nicht. Ich wollt nur mal nachsehen. Nichts anfassen oder nehmen", bekräftigte Kreuzweiz. „Ich schwör's!"

„Das hätte ich auch nie vermutet, dass Sie etwas nehmen wollten", kommentierte Blamer ironisch. „Und beschwören sollten Sie lieber nichts."

„Jedenfalls habe ich deshalb, weil ich sie nicht aus den Augen verlieren durfte, alles genau gesehen."

Danach entstand eine kurze Pause.

„Also", sagte Kreuzweis: „Also, das war's. Eine wichtige Beobachtung, denke ich. Und dafür sollte es jetzt die Belohnung geben. Am liebsten hätte ich sie Cash."

„Das hätten alle am liebsten", antwortete Blamer. „Ich könnte inzwischen 50.000 Dollar ausbezahlen. So viele haben die beiden gesehen. An verschiedenen Orten, am gleichen Tag, zur gleichen Zeit. Und alle hatten dazu eine passende Geschichte. Aber Ihre ist die spannendste. Ich bescheinige Ihnen eine blühende Fantasie. Sie könnten Krimis schreiben oder Romane. Wenn das wahr wäre, was Sie mir erzählt haben, müssten zwei Leichen gefunden worden sein. Aber Leichenfunde gab es seit drei Jahren in der gesamten Bay nicht mehr. Weder Ertrunkene noch solche, die in eine Schiffsschraube geraten waren. Waren Sie nüchtern, als Sie das gesehen haben wollen? Oder…"

„Ich bin nüchtern geworden, als ich das beobachtet habe. Und dass Sie keine Leichen gefunden haben, wundert mich nicht. Denn ein Hai hat im Meer patrouilliert. Ich hab seine Schwanzflosse eindeutig gesehen. Und als er das Blut gerochen hat, Happ, Happ, hat er ein Festmahl gehabt."

„Und warum haben Sie Ihre Beobachtung nicht angezeigt?"

„Mir würde doch niemand glauben. Und ich mische mich nicht in anderer Leute Angelegenheiten ein."

„Aha. Niemand würde Ihnen glauben. Aber jetzt sitzen Sie hier und erwarten, dass ich das tue? Halten Sie mich für blöd? Sehe ich so aus, als ließe ich mich für dumm verkaufen? Mr. Geschichtenerzähler. Sie stehlen mir die Zeit. Sie deuten an, einen Mord beobachtet zu haben. Und dann einen ominösen Hai - vielleicht war es „der" weiße Hai, den Sie im Kino oder auf einem Plakat gesehen haben, der alle Spuren beseitigt hat? Das wäre ein perfektes Verbrechen. Aber perfekte Verbrechen gibt es nicht. Niemand verschwindet, ohne eine Spur zu hinterlassen. Bitte gehen Sie jetzt und verschonen Sie mich mit Ihrem Geschwätz."

„Nichts zu machen, Sir?", fragte Kreuzweis, der wusste, dass er kein wirklich gutes Blatt auf der Hand hatte. Er war ein unbedeutender Niemand. Und der ihm gegenübersaß, war die Verkörperung der Macht, des Staates, der Gewalt. Und die hatten immer Recht. Immer!

„Nichts zu machen!" bestätigte Blamer mit Nachdruck. „Und jetzt ab mit Ihnen."

Ron Kreuzweis erhob sich von seinem Stuhl und ging enttäuscht zur Tür.

Blamer schaute ihm kopfschüttelnd nach. Was für ein Spinner. Auch er hatte ihn Zeit gekostet. Ein verschwendeter Vormittag, an dem er keinen Millimeter weitergekommen war. Blamer stellte das Aufnahmegerät ab.

Nachdem Kreuzweis bereits die Türe geschlossen hatte und Blamer endlich zu Tisch gehen wollte, kam Kreuzweis noch einmal zurück.

„Was denn noch?", fragte Blamer und sein Ton verriet, wie ärgerlich er war.

„Spuren", sagte Kreuzweis. „Sie haben Spuren hinterlassen."

„Die Haie?", fragte Blamer ironisch.

„Nein, es war ja nur einer, und den meine ich natürlich nicht. Aber vielleicht finden Sie in seinem Magen... Sorry. Sie haben recht und es ist so, wie Sie gesagt haben. Leichen gibt es zwar nicht. Aber zählen nicht ihr Zelt und ihre Sachen auch zu »Spuren«? Für 100 Dollar führe ich Sie hin."

„Und Sie würden den Platz wiederfinden? Den Platz, an dem die beiden angeblich gezeltet haben?"

„Na klar. Ich kenne mich da aus wie in meiner Westentasche."

„Wie in Ihrer Westentasche", wiederholte Blamer. Natürlich hatte Kreuzweis nie eine Weste besessen.

„Gut", ging Blamer auf ihn ein, „Ihre Aussage lässt sich überprüfen. Ich gebe Ihnen fünfzig Dollar aus meiner Tasche, wenn wir wirklich etwas finden. Aber wenn Sie mich an der Nase herumgeführt haben, buchte ich Sie ein und Sie haben ein Verfahren wegen Irreführung der Behörden am Hals. Ich warne Sie. Wenn Sie meine Zeit verschwenden... Ich kann gnadenlos sein."

14

ORTSBESICHTIGUNG

Monterey Bay / Salinas River am gleichen Tag. 14.30 Uhr

Sie fuhren die Monterey Bay entlang bis zu der Stelle, an der der Salinas River sich mit dem Ozean vereinigt. Auf dem Hügel über dem Strand zeigte Kreuzweis ihm den Platz, an dem er seine Beobachtung gemacht haben wollte. Und dort befand sich in Sichtweite tatsächlich ein zusammengestürztes, verlassenes Zelt.

Blamer bat Kreuzweis stehen zu bleiben. Er wollte das Objekt ungestört in Augenschein nehmen, ohne dass Kreuzweis ihm im Weg stand und ohne dessen überflüssige Kommentare hören zu müssen.

Atticus Blamer sprang sofort ins Auge, dass das Zelt durchwühlt und geplündert worden war. Vielleicht hatten auch Tiere in ihm nach Essbarem gesucht. Nur eine schwarze, ramponierte Lederhose lag herum, mit altmodischen Hosenträgern, was eigentlich nicht zueinander passte. Und an einer anderen Stelle befand sich ein stark verschmutztes, ehemals weißes Hemd, auf dem herumgetrampelt worden war. Als er es näher besah, bemerkte er ein zusammengefaltetes Papier, das in der Brusttasche steckte. Die Tinte der Schrift war zum Teil stark verlaufen. Es war kein Einkaufszettel, wie Blamer zunächst vermutet hatte, sondern es schien ein Brief gewesen zu sein.

Blamer faltete das verklebte, feuchte Papier vorsichtig auseinander und las, was noch lesbar war. Vor allem das Ende des Briefes war noch halbwegs intakt. Und es war äußerst aufschlussreich, was dort zu entziffern war: *„Dein »Erzeuger« ist mir ein* :::::::::: *Heiliger.* ::::… :::::::::::: :::::::: ::::::: *„Wer* ::::::: *liebt,*::: *züchtigt"* :::::::::::::::::. *Du mochtest* :::::, :::::::::::: ::::, *dich* ::::::: *spüren? Du hast dich* ::::::: *lebendig gefühlt und „noch etwas* :::::::?" ::::: :::::::::::::::::::. *Your Californian* ::::. *Umberto* ::::::::.*"*

95

Der Absender des Briefes war, das stand fest, kein anderer als Umberto Umbertini. Und der Empfänger konnte, wenn Blamer eins und eins zusammenzählte, nur Elijah gewesen sein. Auch Hosenträger und weißes Hemd würden zu ihm passen. Und damit hatte Blamer die Spur von Elijah und mit dieser auch die von Anuk gefunden. Es gab keinen Zweifel, dass sie es waren, die Kreuzweis beobachtet hatte. Sie waren hier gewesen. Das stand eindeutig fest. Den Rest aber hatte sich Kreuzweis zusammenfantasiert. Sicher um seine „Beobachtung" interessanter zu machen. Zwei verschwundene Jungen nur beim Zelten gesehen zu haben, war, fürchtete er, kaum 1.500 Dollar wert. Deshalb hatte er die Jungen zu „Opfern" gemacht. Aber sie waren Täter. Das Motiv für ihren Mord hatte das wirkliche Opfer, Umbertini, in seinem Brief an Elijah ihm jetzt selbst geliefert. Es war so etwas wie ein Bekennerschreiben. Umberto war ein Sadist, hatte Elijahs Empfindungen bei den körperlichen Strafen seines Vaters als Sehnsucht nach masochistischem Erleben interpretiert, sie als Freibrief, Vorwand oder Einladung genommen, ‚seinen Sohn' zu misshandeln, und war von ihm und seinem indianischen Freund dafür umgebracht worden. Menschlich nachvollziehbar, aber dennoch ein Verbrechen. In diese Richtung, und dadurch fühlte er sich bestätigt, hatte Blamer ja bereits gedacht.

Ansonsten waren auf der Erde nur noch spärliche Reste indianischen Schmucks verstreut: zerrissene bunte Schnüre, Fragmente eines Amuletts und ein vorsintflutliches „Uralt Handy", das mutwillig zerstört oder von einem Tier zerbissen worden war. Kein Zweifel: Der Schmuck gehörte Anuk. Beide waren nach der Tat hier untergetaucht, hatten sich versteckt, wo niemand sie so nahe am Tatort gesucht haben würde. Oder hier war der Tatort und sie hatten das Wohnmobil nach dem Mord an Umbertini am Eingang des Pinnacles abgestellt, um danach wieder an diesen Strand zurückzukehren, wo niemand zwei harmlose Camper mit einem im Nationalpark begangenen Gewaltverbrechen in Verbindung bringen würde. Aber offensichtlich hatten sie kalte Füße bekommen und diesen Platz Hals über Kopf verlassen. Möglicherweise, weil sie mitbekommen hatten, dass sie von Kreuzweis, den sie für einen Spitzel gehalten haben könnten, beobachtet worden waren. Das würde er noch herausfinden. Dann hatten sich Diebe genommen, was ihnen von dem Zurückgelassenen nützlich erschienen war. Mit dem alten Hündchen von Handy war nichts mehr anzufangen. Sie waren mit den Absätzen ihrer Schuhe oder Stiefel draufgetreten und hatten es aus Ärger zerstört.

Immerhin stimmte, dass von dieser Stelle das Meer sehr gut zu sehen war, genau wie Kreuzweis zu Protokoll gegeben hatte. Immerhin.

„Und wann war das, als Sie die beiden hier beobachtet haben?", fragte Blamer.

„Das war am 12. Oktober. Aber den Wochentag weiß ich nicht mehr. Die Wochentage sind alle gleich. Für mich ist immer Sonntag", sagte Kreuzweis und lächelte.

„Aber dass es der 12. Oktober war, daran können Sie sich genau erinnern?"

„Absolut. Weil der 12. Oktober mein Geburtstag war. Also weil er das immer ist. Und seinen eigenen Geburtstag vergisst so leicht doch niemand."

„Gut", sagte Blamer und machte sich eine Notiz.

„Nachträglichen Glückwunsch auch. Und als Geschenk gibt's die 1.500 Dollar Belohnung."

„Plus Ihre Fünfzig" ergänzte Kreuzweis.

„Plus meine Fünfzig", bestätigte Atticus. Sie haben die Jungs gesehen. Und dafür war die Belohnung ausgesetzt. Sie haben sie sich verdient und mir geholfen. Danke Ron, dass Sie zu mir gekommen sind."

15

BESTIEN

Monterey. Blamers Büro. Zwei Tage nach der Sicherstellung der Indizien

Blamer ließ das Handy untersuchen. Reine Abschlussroutine. Zu erwarten war nichts. Denn zu mehr als 99 Prozent war zerstört, was jemals auf ihm gespeichert worden war. Nur Reste, das heißt Bruchteile von Sätzen oder Wortruinen konnten ausgelesen werden.

AN: D. ????

EL: Ja, ich … ..

AN. Super. Wie ….?

EL. .. gibt ….. neuen Dad. … …… uns sehen!

AN: Einen …. was?

EL: Dad. Dad. Dad.

AN: … … … … Amos?

EL: … … … … Farm.

AN: Klingt …….. Pass … …. auf.

EL: Komm .. … ….. San Franc….! P….Heigh

AN: ….. …. …………. zelten? Nur du … …?

EL: Yep. Ist für Umb…. …. Ok!

AN? U…… …?

EL. Dad! Dad!! Dad!!!

AN: Sicher?

EL: Sicher! Freut sich … dich. …. mit uns …….. 6 …..

AN: F… Und …. zeig… … NY?

EL: Ju..! NY!!!!

Es waren Nachrichten, die Elijah und Anuk ausgetauscht hatten. Was Blamer an Nachrichtenfetzen in die Hände bekam, war nicht viel.

Diese Dialogfragmente wurden von den Forensikern auf Anfang Oktober datiert. Die Dialoge davor und danach konnten
nicht mehr ausgelesen werden. Das uralt-Handy hatte Anuk gehört. Dasjenige, das Umberto Umbertini seinem ‚Sohn‘ in dem
Brief versprochen hatte und das sicher neu und teuer gewesen
war, wurde dagegen nicht gefunden. Vielleicht hatte er es verloren. Oder es war gestohlen worden.

Blamer saß in seinem Büro, notierte die Stichworte auf einem
Flipp-Chart und ergänzte nach und nach die Fehlstellen, bis alles
einen möglichen Sinn ergab. Vielleicht deckten sich die Ergänzungen nicht exakt mit dem Wortlaut der zerstörten Nachricht.
Aber die grobe Sinnrichtung schien ihm zu stimmen.

AN: D**u**????
EL: Ja, ich *bin es.*
AN. Super**.** Wie *gehts***?**
EL. *Es gibt einen* neuen Dad. *Wir können* uns sehen!
AN: Einen *neuen* was?
EL: Dad. Dad. Dad.
AN: **Aber/Und was ist mit** Amos?
EL: *Der ist auf der* Farm.
AN: Klingt *sonderbar*. Pass *auf dich* auf.
EL: Komm **zu mir nach** San Franc*isco*! P**azific** Heigh
AN: *Können/Gehen/Wollen wir* zelten? Nur du *und ich*!
EL: Yep. Ist für Umb*erto voll* Ok!
AN? U*mberto wer/was*?
EL. Dad! Dad!! Dad!!!
AN: Sicher?
EL: Sicher! Freut sich **auf** dich. **Will** mit uns **geilen/harten/ta-
bulosen (???) SEX machen**
AN: F**uck**. Und *dann* zeig *ich dir* NY?
EL: Ju**hu**! NY!!!!

„Sonderbar", sagte Blamer, als er die von ihm rekonstruierten
Nachrichten im Zusammenhang las.

Natürlich konnte er sich geirrt haben bei seinen Ergänzungen. Sie waren „mutmaßlich", wie er sich selbst eingestand. Aber wenn sie halbwegs zutrafen, und sie schienen ihm einigermaßen plausibel zu sein, war seine Hypothese, nach der Elijah und Anuk Umberto aus Hass nach schweren sexuellen Misshandlungen ermordet hatten, in eine gewisse Schieflage geraten. Wenn auch nur in eine leichte. Allenfalls.

Denn merkwürdigerweise, zumindest dem ersten Anschein nach, schien das Verhältnis zwischen Elijah und Umberto auch nach ihrer Reise mehr als 3000 Meilen quer durch Nordamerika, die sie von Pennsylvania über Indiana, Illinois, Iowa, Nebraska, Wyoming, Utah und Nevada nach Kalifornien geführt hatte, durchaus noch intakt oder vielleicht sogar noch gut gewesen zu sein. Elijah war, trotz möglicher oder wahrscheinlicher sexueller Übergriffe offensichtlich noch immer beeindruckt von Umberto – ja, er schien geradezu begeistert von ihm zu sein: „Dad! Dad!! Dad!!!"

Anuk war überrascht, eine Nachricht von Elijah zu erhalten: „Du???, und wunderte sich über die Neuigkeit, dass Elijah sich einem neuen „Dad" angeschlossen, die Farm mit Amos und seiner Mutter verlassen hatte „Amos....Farm" und auf dem Weg war, um ihn in San Francisco zu sehen: „Komm ..... San Franc....! P....Heigh". Es klang merkwürdig und so sehr Anuk sich vermutlich über die Möglichkeit freute, ihn in Liebe zu umarmen, empfahl er Elijah zwar, vorsichtig zu sein und auf sich aufzupassen: „Pass .... auf". Aber einen massiven Vorbehalt gegen diesen ominösen „Umb..." äußerte er nicht.

Und Umberto wiederum, der von Anuk und seiner Beziehung zu Elijah wusste, schien sich zu freuen, dass die beiden sich wieder begegnen würden. Und er war gespannt, den Freund und Liebhaber seines »Sohnes«, von dem er durch Elijahs Brief einiges wusste, kennenzulernen: „Sicher! Freut sich .....dich....". Allerdings schien Umberto Umbertini nicht ohne sexuelle Hintergedanken und eindeutige Absichten die Begegnung mit Anuk herbeiführen zu wollen, die, und das wunderte Blamer einigermaßen, Elijah nicht im Geringsten zu stören schienen: „mit uns 6 machen". Und sonderbarer Weise schien auch Anuk damit einverstanden gewesen zu sein. Denn sonst hätte er scharf dagegen protestiert, gemeinsam mit Elijah mit diesem „Umb...." Sex zu haben. Dieses ergänzte „**F**uck" konnte auch als „**F**ein" gelesen werden, was aber eher unwahrscheinlich war.

Anuk erwähnte die Absicht, mit Elijah zu zelten, ein paar Tage mit ihm allein zu sein und dann seinen Freund mit nach NY zu nehmen, um ihm die Stadt zu zeigen und wie er lebte.

„Danke Jungs für diesen Hinweis", sagte Blamer beschwingt und folgerte messerscharf: „Dorthin könnten sie also, nach ihrem überstürzten Aufbruch vom Strand, den sie verlassen hatten, ohne etwas mitzunehmen, geflüchtet sein.

Andererseits – und das war ärgerlich - schien zwischen Elijah, Anuk und Umberto bei der Interpretation des Nachrichtenaustauschs alles soweit in Ordnung zu sein. Es gab keinen erkennbaren Konflikt – und damit auch kein Motiv für Elijah und Anuk –, Umberto umzubringen. Aber natürlich hätte auch zwischen dem Austausch dieser Nachrichten Anfang Oktober und Mitte Oktober etwas vorgefallen sein können, das von einer Minute zur anderen alles geändert hatte. Vielleicht war der von Umberto vorgeschlagene oder geforderte „Dreier" eskaliert und dabei hatte einer der Jungen die Kontrolle verloren und ein „Kurzschluss" hatte die Tat ausgelöst.

So konnte, ja, so musste es gewesen sein. Als Blamer diese Möglichkeit einfiel, war seine Hypothese wieder gerettet. Jetzt war die Fahndung nach Elijah und Anuk nur noch Richtung New York zu erweitern. Und wenn sie sich dort in den von den Kollegen ausgelegten Netzen verfingen, würde seine Arbeit erledigt sein. Denn für den Rest waren ein Richter und die Geschworenen zuständig. Die sexuelle Gewalt als Motiv würde sich sicher strafmindernd auswirken und die Tat könnte als Totschlag gewertet werden. In diesem Falle würde eine Strafe gemäß Paragraph 192(b) des kalifornischen Strafgesetzbuchs von zwei bis vier Jahren Gefängnis verhängt werden. Oder die Geschworenen könnten darauf erkennen, dass die Tat aus Notwehr geschehen war. In diesem Fall könnten beide das Gericht ohne Gefängnisstrafe verlassen. Blamer wusste, was sie im Gefängnis erwartete, und konnte nur hoffen, dass es ihnen erspart bleiben würde. Aber das würde nicht mehr seine Sache sein. Er konnte dieses Spielfeld mit dem Gefühl, einen guten Job gemacht zu haben, bald verlassen.

Als Gegenprobe, als letzten Check, machte Blamer das, was er immer tat, um sicher zu sein, dass seine Theorie schlüssig war und seine Hypothese stimmte. Denn vor Gericht, vor dem er Anuk und Elijah sich bereits verantworten sah, würde jeder auch noch so geringe Zweifel an seinen Ermittlungen eine Einladung an die Strafverteidigung darstellen, ihre Hebel anzusetzen und die Anklage zu Fall zu bringen. Es würde für ihn eine Niederlage bedeuten. Denn obwohl er weder Elijah noch Anuk im Gefängnis sehen wollte, eine Niederlage aufgrund schlampiger Ermittlungen schätzte Blamer nicht. Was er vorlegte, musste wasserdicht sein. Und dann könnten die Verteidiger, nicht zuletzt aufgrund der von ihm gesammelten Indizien, auf Notwehr plädieren und den Freispruch erwirken. Das wäre ein Sieg – auch für ihn. Denn trotz ihrer Tat mochte er die beiden.

Zu seiner obligatorischen „Gegenprobe" wechselte Blamer die Perspektive und zäumte das Pferd von hinten auf.

„Was haben wir", grummelte Blamer und notierte:

15. Oktober: Auffindung des Motorhomes mit Blutspuren bei Soledad
14./15. Oktober: Einbruch bei Umberto in SF
13. Oktober: Strafzettel für Umberto, weil er eine Ampel überfahren hatte

Das heißt, der Mord musste zwischen dem 13. (nach der Polizeikontrolle) und dem 15. Oktober (vor der Auffindung des Motorhomes) geschehen sein.

Er schaute noch einmal in seinen Notizen nach, wann Anuk und Elijah von Kreuzweis zum letzten Mal gesehen worden waren. Das war am 12. Oktober gewesen, dem Geburtstag von Kreuzweis, der sich deshalb an dieses Datum genau erinnerte.

Aber das bedeutete, Elijah und Anuk konnten nicht die Mörder von Umbertini sein. Sie waren, wenn an den Beobachtungen von Kreuzweis etwas dran gewesen sein sollte, längst tot, als Umberto Umbertini ermordet wurde. Ja, sie lebten bereits nicht mehr, als Umbertini beim Überfahren der roten Ampel in Monterey erwischt worden war.

Blamer dämmerte, dass es möglicherweise voreilig gewesen war, den Ausführungen von Kreuzweis zu wenig Beachtung geschenkt zu haben.

Er setzte sich sofort mit der Küstenwache in Verbindung, die ihm bestätigte, dass es zuletzt am 12. Oktober und vorher am 23. September die Sichtung eines Hais gegeben hatte. Die Meeresbiologen hatten ihn der Familie der „Carcharodon Carcharias" zugeordnet und die Küstenwache hatte entlang des Küstenabschnitts „Alarm" ausgelöst. Alarm, weil ein weißer Hai unterwegs gewesen und daher größte Vorsicht geboten war.

Obwohl einige Tage vergangen waren, ließ Blamer die Strecke zwischen dem Platz, auf dem einmal ihr Zelt gestanden hatte, bis zum Strand von der Spurensicherung akribisch absuchen.

Und tatsächlich wurden in dem Unrat, den das Meer angespült hatte oder der achtlos weggeworfen worden war, auch Kleidungsstücke gefunden. Darunter solche, die mit großer Wahrscheinlichkeit Anuk zugeordnet werden konnten.

Kreuzweis hatte nicht fantasiert. Er hatte nichts erfunden.

Es war unprofessionell von Blamer gewesen, ihn nicht ernstgenommen und ihm nur „abgekauft" zu haben, was seine Hypothese untermauert hatte. So vorurteilsfrei, für wie er sich hielt, war er offensichtlich nicht. Er hatte die Regeln der Objektivität verletzt, war einige Male falsch abgebogen und deshalb kilometerweit in die falsche Richtung gebraust.

Blamer hatte sich verrannt. Seine fixe Idee, seine Obsession, Umberto könne eindeutig nur aus zweideutigen Absichten gehandelt haben, hatte ihn sogar noch auf den letzten Metern seiner Ermittlungen zu Fehlschlüssen verleitet, als Blamer davon ausgegangen war, dass Umberto sich auf Anuk freue, weil er mit Elijah und ihm „Sex" haben wollte. Es war allerdings ein Fehlschluss, ein Streich, den ihm seine Fantasie gespielt hatte, die „6" der Nachricht mit „Sex" gleichzusetzen. Der „Dreier" in einer perversen Ausprägung fand nur in Blamers Kopf statt und hatte mit dem, was in Umbertos Absicht lag, nicht das Geringste zu tun.

Blamer hatte sich getäuscht. Und wie allmählich die Einzelheiten einer hügeligen Landschaft aus einer undurchdringlichen Nebelwand auftauchen – die Spitze einer Baumgruppe, die Kuppe einer Höhe, die verwaschenen Konturen eines herbstlich gefärbten Strauchs, die allenfalls vage ahnen, aber nicht wirklich erkennen lassen, was der Nebel verhüllt, bis der letzte Dunst sich verzogen und die letzten Schleier sich aufgelöst haben –, so fand auch Blamer erst nach und nach heraus, wenn auch nicht in allen Einzelheiten, was in Kalifornien geschehen war. Einiges konnte er allerdings auch nicht wissen, da es keinen der Beteiligten mehr gab, der ihm davon erzählen konnte.

So aber war es wirklich gewesen: Elijah und Umberto hatten nach einer unbeschwerten Reise in Freundschaft und bestem Einvernehmen San Francisco erreicht. Auf der Terrasse vor Umbertos Haus in Pacific Heights genossen sie, wenn „Karl the Fog" nicht alles im Nebel verschwinden ließ, den Blick auf die Golden Gate Bridge, die San Francisco Bay, Alcatraz und das Presidio, während beide ihren Cocktail aus Säften von Maracuja, Orange, Ananas und Zitrone, dazu Granatapfelsirup, einer Scheibe Orange, einem Schuss Wodka und 7 Eiswürfeln schlürften. Elijah fühlte sich großartig. Fehlte nur Anuk, der aber schon wenige Tage später zu ihnen stieß. Er war Umberto willkommen und für Anuk war auch Umberto in Ordnung. Gemeinsam erkundeten sie San Francisco. Elijahs Hunger auf Leben und Welt war jedoch nicht so leicht zu stillen. Und daher bot Umberto an, mit ihnen gemeinsam eine Fahrt auf dem Pacific Coast Highway, der legendären Route 66, zu machen und dabei die Küste Kaliforniens kennenzulernen. Auf einer Karte hatte er ihnen den Verlauf beschrieben und Monterey, Carmel-by-the-Sea, Cambria, Guadalupe, Santa Barbara und Los Angeles als Highlights markiert, wo ihre Reise ebenso wie die Route 66 in Santa Monica enden sollte.

Anuk und Elijah hatten im Haus von Umberto nicht miteinander geschlafen. Es wäre ja nicht „ihr Haus" und nicht „ihr Bett" gewesen. Vermutlich aus diesem Grund hatten sie Umberto vorgeschlagen, dass beide irgendwo unterwegs für zwei oder drei Nächte alleine in einem Zelt verbringen würden. Am dritten Tag würden sie Umberto dort, wo er sie abgesetzt hatte, wiedersehen und die Reise gemeinsam bis L.A. fortsetzen. Anschließend wollten Elijah und Anuk zu einem Kurztrip nach New York aufbrechen.

Die erste Gelegenheit, die sich zum Zelten bot, denn sie konnten es nicht erwarten, ungestört und miteinander alleine zu sein, bot sich bereits nördlich von Monterey. Umberto setzte sie genau dort ab, wo der Salinas River sich in der Monterey Bay in den Pacific ergießt. Drei Tage später würde er sie um 11.00 Uhr abholen. Dann sollten sie „ausgeschlafen" haben. Er selbst fuhr zurück nach Monterey, wo er sich die Zeit bis zu ihrem Wiedersehen vertreiben wollte. Das Monterey Bay Aquarium stand auf dem Programm – das Ticket, das er gelöst hatte, war auf den 12. Oktober ausgestellt. Und am Vormittag des 13. Oktober war er über die Cannery Row geschlendert, wo er hoffte, ein wenig „John Steinbeck-Feeling" zu spüren. Aber ausgerechnet dort war er erwischt worden, als er mit überhöhter Geschwindigkeit eine Ampel bei Rot überfuhr. Er hatte gehofft, sie noch gerade so zu schaffen. Die Dashcam des Streifenpolizisten zeigte, wie er sich am 13. Oktober um 11.15 h zerknirscht dafür entschuldigte, nicht aufgepasst zu haben. Vielleicht aus Ärger, weil ihn dieser Fehler 700 Dollar kostete, verließ er die Stadt, nahm die State Route 101 bis Soledad und folgte dem Highway 146 nach Osten, bis er den Eingang des Pinnacles-Nationalparks erreicht hatte. In der vulkangeprägten, bizarren Landschaft dieses Parks wollte er die belebten Straßen Montereys mit ihren hupenden Autos, blinkenden Ampeln und streng die Vorschriften kontrollierenden Streifenpolizisten vergessen und warten, bis er Anuk und Elijah wieder aufpicken konnte. Er ahnte nicht, dass ihnen etwas zugestoßen war.

Im Nationalpark wurde am 15. Oktober sein verlassenes Mobilhome gefunden.

Elijah und Anuk hatten am 12. Oktober, nachdem Umbertini sie in der Nähe der Mündung des Salinas abgesetzt hatte, bei der Suche nach einem Platz für ihr Zelt ein kleines, mit schattenspendenden Pinien bestandenes Plateau gefunden. Vor ihnen breiteten sich die Weiten des Pazifischen Ozeans aus, eines Ozeans, dessen Wellen sich auf der anderen Seite an den Küsten Australiens, Neuseelands und Japans brachen. Richtige Nachbarn, zwar weit weg, und doch durch denselben Ozean miteinander verbunden. Elijah faszinierte die Vorstellung, die salzigen, nebelfeinen Tröpfchen, die er riechen, schmecken und einatmen konnte, hätten auf der anderen Seite der Erde den fünften Kontinent und exotische Inseln berührt und seien dann zurückgereist. Und jetzt waren sie bei ihm, in ihm und auf Anuks Haut. Als er sie dort mit seiner Zunge berührte, schmeckte er alle Ozeane und Meere der Welt, das gesamte Universum und die Liebe, die grenzenlos war. „Salz der Erde", sagte er zu Anuk. „Du bist das Salz der Erde. Mein Salz, ohne das mein Leben fade ist." Er dachte den Bruchteil einer Sekunde an die Farm zurück. Sie kam ihm vor wie tausend Jahre ungewürzter Haferschleim mit ungesüßtem Kamillentee.

Anuk und Elijah fühlten sich frei, unbeschwert und grenzenlos glücklich. Elijah, der den Pazifik nur gesehen hatte, war begierig darauf, jetzt endlich in ihn einzutauchen. Oder, weil er nicht schwimmen konnte, die Wellen wenigstens seine Zehen und Füße belecken zu lassen.

Während Anuk mit dem Sammeln von Holz beschäftigt war, machte sich Elijah, der es nicht erwarten konnte, alleine auf den Weg. Er rannte den Hügel hinab, überquerte den Strand und ging zunächst bis zu den Knöcheln ins Wasser. Weil es sich gut anfühlte, watete er bis zu den Knien hinein. Aber noch schöner dürfte es werden, wenn die Wellen seine Hüften umspielten und damit begannen, ihn sanft zu wiegen und emporzutragen. Es fühlte sich so leicht an, in diesem Meer, und so unbeschwert. Der Pacific Ocean sollte sein Taufbecken sein. Und sein Wasser sollte ihn rein und bereit machen für Anuk und das bevorstehende Spiel der Liebe. Er streifte seine Shorts aus, um nichts anderes als das Meer auf seiner Haut zu spüren und winkte damit Anuk zu.

Als Anuk sah, dass Elijah bis zur Hüfte im Ozean stand, stürmte er schreiend den Hügel hinab: „Zurück! Zurück! Komm sofort zurück!"

Aber es war zu spät.

Der Meeresboden fiel abrupt ab und es gab starke Strömungen unter Wasser. Eine Welle erfasste Elijah und nahm ihn mit in die offene See.

Anuk, ein guter Schwimmer, versuchte verzweifelt, Elijah zu erreichen, der schon nicht mehr zu sehen war.

Zwei im Meer dümpelnde Schnellboote bemerkten, wie „jemand" im Meer schreiend wild herumtobte und tauchte. Dieser „jemand" bemerkte sie, winkte ihnen zu, als ob er sie „einladen" wollte. Die Stimme war hell und gellend. Wenn die Person auftauchte, schüttelte sie ihre langen, klatschnassen Haare. Eine Frau dachten sie, die „etwas von ihnen wollte." Sie starteten ihre Boote und hielten auf ihr „Abenteuer" zu. Aber als sie näher herangefahren waren, erkannten sie, dass es keine Frau war, die sie herbeigerufen hatte, sondern ein junger Mann, dazu noch ein „Brauner". Das konnte nur ein verhasster Illegaler sein, ein parasitärer „Latino" vielleicht, oder ein „stinkender Indianer", der in „ihr" Meer pisste und auf „ihren" Strand schiss. Sie wollten ihm zeigen, wer hier das Sagen hatte und wer hier hingehörte – und eröffneten die Jagd auf ihn.

Sie zogen ihre Kreise immer enger um ihn.

Dann fuhren sie direkt auf ihn zu.

Es gelang Anuk einige Male, sich tauchend in Sicherheit zu bringen. Bis er mit seinem langen Haar in die Schiffsschraube geriet. Sie skalpierte ihn auf der Stelle und zerhackte sein Gesicht, das zu einer unförmigen, blutigen Masse wurde.

Die sich ausbreitende immer größer werdende Blutlache überzeugte die Skipper, dass ihre Jagd »erfolgreich« und der Typ erledigt war. Er würde seine »Geschäfte« nie mehr in ihrem Meer und auf ihrem Strand erledigen. Den Rest überließen sie dem Hai, von dem sie durch die Warnung der Küstenwache wussten, dass er in der Gegend patrouillierte.

Den Ablauf der Tat hatte Kreuzweis beobachtet – und auch ohne dass Blamer Hintergründe oder Einzelheiten kannte, stand für ihn fest, dass das Verbrechen, dessen Zeuge Kreuzweis geworden war, an Anuk aus blankem, verabscheuungswürdigem Rassismus begangen worden war. Der Mord fiel in die Kategorie „Hassverbrechen".

„Schrecklich", dachte Blamer: „Die fürchterliche Tradition setzt sich fort. Nur die Methoden ändern sich. Diese verfluchten Bestien."

Kreuzweis hatte also Recht gehabt. Und er hatte sowohl einen Mord als auch einen Unfall beobachtet. Anuk war von zwei Skippern umgebracht worden. Und Elijah war ertrunken, weil er sich ins Meer gewagt hatte, ohne es zu kennen, und ohne auf Anuk zu warten.

Was mit Umberto geschehen war, und vor allem warum, würde ein Rätsel bleiben.

Nur so viel zeichnete sich ab, weil es durch Zeugen und Indizien zu belegen war: Während Elijah und Anuk bereits tot waren, vertrieb sich Umberto nichtsahnend am 13. Oktober noch die Zeit in Monterey. Weil er sich geärgert hatte, brach er seine Tour durch die Stadt ab und fuhr über Soledad in den Park. Dort wurde er überfallen. Die Täter folterten ihn, um was auch immer zu erfahren. Da sie im Motorhome nur geringe Beute machen konnten, pressten sie aus ihm seine Adresse in Pacific Heights heraus. Mitglieder ihrer Gang durchsuchten vergeblich sein Haus. Weil sie nichts fanden, verwüsteten sie es in maßloser Wut. Diejenigen, die Umberto bewachten, töteten ihn aus Frustration und ließen seine Leiche spurlos verschwinden. Vielleicht hatte das auch einer der umherstreifenden Berglöwen für sie getan.

So, schrieb Blamer in seinem Bericht, könnte es gewesen sein.

Er flog nach Philadelphia, mietete sich ein Auto und machte sich über Shawnees Rock auf den Weg zur Farm von Amos Landauer. Er wollte sein Wort halten, das er ihnen gegeben hatte, und sie über die Neuigkeiten informieren, die es jetzt – leider– gab.

16

SCHLECHTE NACHRICHTEN

Farm der Landauers. 30. Oktober (Halloween)

„Sie schon wieder", knurrte Amos Landauer, als Atticus Blamer
die Küche betrat.

„Ich bringe Ihnen Elijahs Hefte zurück. Wie ich es versprochen hatte."

„Die Mühe hätten Sie sich sparen können. Die Post, denken
Sie nur, kommt auch zu uns", sagte Amos spöttisch.

„Und? Haben Sie etwas herausgefunden?", fragte Mary Ann
zitternd.

„Ja, deshalb bin ich hier" sagte Atticus Blamer und senkte die
Stimme. „Ich habe keine guten Nachrichten für Sie. Ihr Sohn ist
tot. Er ist im Meer ertrunken. Es tut mir aufrichtig leid. Es war
ein Unfall. Anuk, der bei ihm war, versuchte noch, ihn..."

„Anuk, der w a s war", fragte Amos aufbrausend.

„Der bei ihm war," antwortete Blamer ruhig.

„Der bei ihm war. Der bei ihm war", äffte Amos Blamer nach.
Was soll das heißen, „der bei ihm war". Wieso waren die beiden
zusammen?", fragte Amos ungläubig. „Und was bedeutet…? Sie
meinen doch nicht, die waren… Dieser verfluchte Hurensohn."

„Herr Landauer!", sagte Blamer bestimmt. Anuk hat Ihren
Sohn besucht. Sie haben einen Ausflug gemacht. Ihr Sohn ist ins
Meer gegangen und wurde abgetrieben. Und Anuk hat versucht,
ihn zu retten. Sie kannten doch Anuk. Er hat auf Ihrer Farm ein
Praktikum gemacht und…". Weiter kam er nicht.

„Kennen! Kennen", schrie Amos wütend. Ich kenne ihn nicht
nur. Ich habe ihn durchschaut. Schon in der ersten Sekunde. Er
hat meinen Sohn verdorben und in den Untergang geführt. Es
mag für Sie oder für wen auch immer ausgesehen haben, als wollte er ihn retten. Aber er wollte ihn nicht retten. Er wollte ihn

umbringen. Und er hat es geschafft. Was sollte Elijah überhaupt im Meer? Er kann ja noch nicht einmal schwimmen. Er wurde hineingelockt oder gezwungen, ins Wasser zu gehen. Der andere ist ein Mörder. Verhaften Sie das Schwein. Bringen Sie es vor Gericht. Fordern Sie die Todesstrafe. Zu retten?", schrie Amos außer sich. „Dieser Abgesandte der Hölle ist schuld an seinem Tod. Dieser Luzifer. Dieser Satan. Er wollte Elijahs schwache Seele. Ich verwünsche und verfluche dieses Vieh. Das Schlimmste soll er erleiden, das Schlimmste, was immer für diesen Teufel, für dieses Ungeheuer die höchste Strafe ist."

Und dann nahm er Zuflucht zu den Psalmen, die ihm auch jetzt Hilfe und Trost waren. „Der HERR wird unter dich senden Unfall, Unrat und Unglück in allem, das du vor die Hand nimmst, daß du tust, bis du vertilget werdest und bald untergehest um deines bösen Wesens willen."

„AMOS", sagte seine Frau. „Amos. Bitte. Sag sowas nicht. Nicht jetzt. Und niemals wieder."

„Auch Anuk ist tot", sagte Blamer, der diese Sache jetzt hinter sich bringen wollte. „Er hat sein Leben für die Rettung Ihres Sohnes geopfert. Sie irren sich in Ihrer Einschätzung. Sie tun ihm Unrecht, Herr Landauer. Er ist alles andere als ein Mörder. Ich denke, Anuk ist ein Held."

Amos verließ wortlos das Zimmer und schlug krachend die Türe hinter sich zu. Mary Ann setzte sich an den Tisch, vergrub das Gesicht in ihren Händen und weinte. Tonlos.

Blamer wandte sich zum Gehen. Er nickte ihr kurz zu, was sie nicht sah. Sagte „Madam", was sie nicht hörte. Legte die beiden Hefte, die er mitgebracht hatte, auf den Küchentisch, was sie nicht bemerkte. Und verließ das Haus. Hier gab es für ihn nichts mehr zu tun.

Die Landauers hatten sich nicht erkundigt, was mit Elijahs Leichnam geschehen war, wann ihr Sohn zurückkehren würde und sie ihn in die heimische Erde einsenken könnten. Und auch nach dem Brief, den er bei seinem ersten Besuch bei ihnen erwähnt hatte, fragten sie nicht.

Blamer war es recht. Sie hätten nichts verstanden. Und was den Leichnam betraf, musste er ihnen nicht erzählen, dass ihr Sohn, ebenso wie Anuk, nicht in geweihter Erde, noch nicht einmal im Bauch eines Wals, sondern im Magen eines Hais seine letzte Ruhestätte gefunden hatte.

„Im Bauch eines Wals?", sagte Atticus zu sich, als er zu seinem Mietwagen ging. Wie hieß der noch, der da verschluckt worden war? Jeremias? Joshua? Jerobam? Habakuk? Zum Kuckuck. Habakuk war es eher nicht. Irgendwie war Atticus nicht bibelfest. Amos würde das wissen und sofort den richtigen Namen sagen. Aber es wäre das Letzte gewesen, diesen harschen Eiferer, der nicht typisch war für die Gemeinschaft, der er angehörte, sondern die es überall gibt, und die es als ihre Berufung ansehen, ständig auf der Suche nach ihnen Missfälligem zu sein, um ihre Stimme erheben und schrill Proteste vorbringen zu können, irgendetwas zu fragen. Noch nicht einmal nach dem Wetter. Das brauchte er auch nicht, denn er kannte es ja. Vorherrschend war noch immer das stabile Hoch, das dem Land von der Ost- bis zur Westküste noch einmal einen strahlend schönen Tag im Indian Summer versprach. Kein Wölkchen trieb über den blauen Himmel.

Er würde es heute langsam angehen lassen. Am Nachmittag wollte er, während er in Philadelphia auf seinen Flug nach Monterey warten musste, seinen kurzen Bericht mit der Notiz des Besuchs bei den Landauers abschließen und die Akte „Elijah" mit dem Vermerk „Cold-Case" versehen. Dort gehörte sie hin – bis die Täter, die Anuk und Umberto auf dem Gewissen hatten, gefunden, überführt und bestraft worden waren.

Es war der letzte Tag eines Monats, der in diesem Jahr die Bezeichnung „goldener Oktober" wirklich verdient hatte. Als Blamer am Flughafen aus seinem Wagen stieg, um ihn zurückzugeben, spürte er an einem Windstoß den Atem des kommenden Herbstes. Bald würden Nebel die Hügel verhüllen, bevor der Hauch des Winters die Natur erstarren und die Landschaft Pennsylvanias im Schnee versinken ließ, während in Kalifornien der Sommer nie zu Ende ging. Atticus Paul Blamer freute sich darauf, nach Hause zurückkehren zu können.

Vier Wochen nach Blamers Rückkehr nach Kalifornien

Es muss Ende November gewesen sein, als Attikus P. Blamer etwas tat, was er noch nie zuvor getan hatte und was er auch niemals wieder tun würde. Denn es galt als unprofessionell, weil es von mangelndem inneren Abstand zeugte. Aber das war Blamer in diesem Fall egal. Er kaufte zwei unterschiedlich große Gebinde aus Zweigen der Sequoia, in die weiße Lilien eingearbeitet waren. Das kleinere Gebinde legte er am Eingang des Pinnacles National Parks an der Stelle nieder, an der das Wohnmobil gefunden und Umberto Umbertini ermordet worden war. Das größere brachte er in das Pinienwäldchen oberhalb der Stelle, an der der Salinas River sich dem Ozean vereinigt, dorthin, wo das Zelt von Elijah und Anuk gestanden hatte. Er legte für Umberto und für die beiden Jungen seinen letzten Gruß nieder, verharrte jeweils einen Moment im stillen Gedenken und richtete, bevor er ging, die Schleifen. Auf jeder von ihnen stand nur ein Wort: SORRY.

Schnorr von Carolsfeld, David und Jonathan, Holzschnitt 1860.

ÜBER DEN AUTOR

Der Autor hat sich während seines Studiums mit Philosophie und Kunstgeschichte, vor allem aber mit mittelalterlicher und neuerer deutscher Literatur beschäftigt. Nach dem Ablegen seiner Examina war er in der Abteilung für Presse- und Öffentlichkeitsarbeit eines Konzerns angestellt. Er hat einige fachspezifische Aufsätze veröffentlicht. Dies ist neben der Novelle „Lichtspiele, Medo", sein vierter Roman.

STIERTREIBEN

Ein Dorf nicht weit von Avignon, ein Haus in den Hügeln, die einzigartige Kulturlandschaft der Provence, unblutige Stiertreiben und auf den Erhebungen um Marseille weidende Ziegen bilden den Hintergrund einer Liebesgeschichte zweier Jungen, die im August 2019 ihren Anfang nimmt, die persönliche und gesellschaftliche Krisen des Katastrophenjahres 2020 übersteht und die ein Jahr später ihre Erfüllung findet. Die Liebe der beiden Jungen hat Bestand. Aber die Idylle zerbricht. Nichts ist so, wie es zu sein scheint. Alles ist verdreht. Selbst das Ende. Sebastian und Enzo scheinen sich zu verlieren. Aber ist es nicht so, dass sie sich eigentlich finden? Genau wie Enzos Vater Michael, der seinem vor langer Zeit verlorenen Freund Andreas wiederbegegnet. Die Geschichte, die 2019 beginnt, endet am 1. Januar 2023.

Aus dem Inhalt: Es geht stürmisch zu, als Enzo und Sebastian in den Hügeln zueinander finden: „Thymian, Moose und Wildkräuter /…/ verströmten ihren Duft, als Enzo und Sebastian sich auf der weißen Decke über ihnen liebten, vom Nachmittag bis tief in die Nacht. Es ging laut zu, was niemanden störte. Füße gruben sich in den Boden, Büsche wurden ausgerissen, Halme niedergewalzt". Aber sie gehen auch sanft und zärtlich miteinander um, später im Ferienhaus. „Die Sonne sickerte durch Lamellen, Spalten, Risse geschlossener Fensterläden. Mildes, kühles, frisches Halbdunkel. Magischer Schimmer. Wandernde Lichtreflexe, tanzende Schatten, Geflimmer durch den sich bewegendem Oleander vor ihrem Zimmer. Im Spiel dieses Lichts, diesem filigranen Netz, gewebt aus zitterndem Licht und Schatten, dem Boden eines dicht belaubten Waldes gleichend, küssten, berührten, liebten sie sich. Sie schliefen miteinander, ruhten sich aus, wandten sich wieder einander zu. Voller Hingabe. Ohne Eile. Dafür zärtlich. Sanft. Zwei Schmetterlinge, die sich umschwärmten. Zwei junge Geparden, die sich balgten. Das wenige, das sie sich flüsterten, waren mit Worten gemalte Bilder". /.../ Sebastian hatte Enzo in dieser Nacht das Tor zum Paradies aufgestoßen. Jenes einzige, das uns Sterblichen auf Erden zugänglich ist. Die Zeit schien still zu stehen. Was hinter oder vor ihnen lag, spielte keine Rolle. Nur der Moment war wichtig. Sie hielten ihn fest, dehnten ihn aus, erwischten einen Zipfel Ewigkeit."

© 2023
Books on Demand
ISBN 9783757890667

Marie Sophies Mann Christopher und ihr Sohn Philip sind vor einem Jahr und acht Monaten zu einer Reise aufgebrochen, von der sie jedoch nicht zurückgekehrt sind. Gründe dafür, dass beide nicht zurück nach Hause kommen sind denkbar, aber trotzdem ist Marie Sophie ratlos. An ein Verbrechen jedenfalls denkt sie nicht. Dann aber steht Jan Berger vom BKA vor der Türe, zeigt Marie Sophie das Foto eines toten Jungen, dem die Zeit seiner Leiden anzusehen ist, und behauptet, es sei ihr Sohn. Marie Sophie streitet das energisch ab. Sie kann und will ihn nicht identifizieren. Doch Jan Berger ist sicher. Er will Marie Sophie überzeugen, wovon er überzeugt ist. Das gleiche, nur vom Gegenteil, versucht auch Marie Sophie. Beide ringen in diesem kriminalistischen Kammerspiel um ihre Version der Wahrheit.

Der Vermisstenfall wird zu einer Kriminalgeschichte mit politischem Hintergrund. Eine tragische Geschichte, in der das Böse im Guten liegt und Gutes mit Bösem vergolten wird.

Aus dem Inhalt: Von dem Glanz, der ihn einmal umgeben hatte, war nichts mehr zu sehen. Er hatte jede Ähnlichkeit mit sich verloren. Selbst Marie Sophie, seine Mutter, hatte ihn nicht wiedererkannt, ihn nicht identifizieren können. Sie schloss, als ihr das Bild vom Fundort aus Süddeutschland vorgelegt wurde, kategorisch aus, dass er es war. Ein Irrtum war unmöglich. Sie war schließlich seine Mutter. Und eine Mutter kennt ihr Kind, wenn sie es liebt. /.../

Sie war stolz auf Philip, hatte ihn oft, ohne dass er es merkte, bewundernd angeschaut, um sein Bild und sein Wesen in ihr

Gedächtnis einzubrennen, bevor sie ihn nach und nach verlieren würde, ihn mehr und mehr mit anderen teilen müsste. Noch verbrachte er seine Abende zu Hause. In wenigen Jahren würden Freunde ihn ganz mit Beschlag belegen. Er würde mit seiner ersten Freundin so viel Zeit wie möglich verbringen, und dann bald eigene Wege gehen. Sie konnte sich nicht vorstellen, dass ihre Freude über die gewonnene Tochter den Kummer über den Verlust ihres Sohnes jemals aufwiegen würde. Daher hatte sie ihn angeschaut, solange er noch ganz ihr gehörte und wusste deshalb genau, wie und wer er war. Besser als jeder andere. Ein Forensiker mochte der Meinung sein, was immer auch ihn dazu bewogen haben mochte, der aufgefundene Junge sei ihr Sohn. Aber gegen diese Meinung setzte sie die Gewissheit einer Mutter, dass er es keinesfalls war, dass er es nicht sein konnte.

/.../. Diese Leiche mit Philip zu verwechseln und sie mit einem Toten zu erschrecken, mit dem sie augenscheinlich nichts zu tun hatte, erschien ihr ungeheuerlich, grausam, brutal. Eine Fehlleistung der Behörde, die schlecht arbeitete und die ihr durch Berger im ersten Moment einen fürchterlichen Schrecken eingejagt hatte: „Guten Tag. Ich habe ihnen eine traurige Mitteilung zu machen. Wir haben ihren Sohn gefunden. Er ist tot. Mein aufrichtiges Beileid." Als er dies sagte hatte er ihr das Foto dieses fremden, ihr völlig unbekannten Toten gezeigt.

© 2023
Books on Demand
ISBN 9783757822668

Alles ist außergewöhnlich an Felix Jona. Auch seine Phantasien. Wer kommt schon darauf, dass im ersten Paradies zwei Adams von GOTT erschaffen wurden? Und dass der Baum, aus dem die Schlange gesprochen hat, kein Apfelbaum war, sondern mit Sicherheit ein Ginkgobaum gewesen sein muss? Und dass, davon abgesehen, „ER" da oben so ist wie „er" hier unten? Wer sonst würde es schaffen, sich mit Paläo zu befreunden, dem oder einem der ersten Street Art Künstler, der vor vierzigtausend Jahren gelebt hat? Außergewöhnlich sind die Höhenflüge von Felix Jona. Er schließt nicht aus, etwas mit Engeln zu tun zu haben oder sogar mit Göttern. Aber ebenso außergewöhnlich ist auch sein Absturz, als er auf seiner ersten Klassenfahrt erfahren muss, dass es kompliziert und mit Schwierigkeiten verbunden ist, anders als die anderen zu sein. Auf einmal wird es zum Problem, dass er nicht „so" ist oder „so", wie die meisten. Sondern dass er „so ist und so", wie nicht viele. Nachdem er herausgefunden hat, wie die Menschen früher mit „Seinesgleichen" umgegangen sind, verliert er den Boden unter den Füßen. Seine Welt bricht zusammen und in seinem Inneren erheben sich Monster gegen ihn. Erst in den Ferien bei seinen Großeltern im Périgord findet er zu sich selbst und ist bereit, sich anzunehmen und neu anzufangen. Als ihn seine Eltern, die ihren Urlaub in der Provence verbracht haben, dort abholen, ist er wie verwandelt. Nach seiner Rückkehr nach Deutschland gelingt sein Leben. Er findet nicht nur zu sich selbst, sondern erfährt die erfüllte körperliche Liebe.

Aus dem Inhalt: „Als das Kind zur Welt kam, war die Hebamme irritiert. Sie bat diskret, um die Mutter nicht zu beunruhigen, den diensthabenden Gynäkologen und Chefarzt, der einen weit ins Umland hinausreichenden exzellenten Ruf genoss, in den Kreißsaal zu kommen. Aber selbst ihm war es nicht möglich, das Geschlecht des Kindes eindeutig zu bestimmen. Das hübsche Kind hatte Merkmale, die dem weiblichen, und Merkmale, die dem männlichen Geschlecht zuzuordnen waren. Die Untersuchung des Blutes in der Nabelschnur, die er veranlasste – so ließ sich vermeiden, das neugeborene Baby unmittelbar nach seiner Ankunft in der Welt mit einer Spritze zu traktieren, um ihm Blut abzunehmen –, konnte zwar einen ersten Aufschluss geben. Aber mehr als einen Hinweis lieferte auch die Bestimmung der Chromosomen nicht. „Im Übrigen ist die Zugehörigkeit zu einem Geschlecht /.../ nicht nur eine Sache des Chromosomensatzes. Da gibt es auch noch eine Reihe anderer Komponenten. Auch die Erziehung, nur um ein Beispiel zu nennen, spielt eine Rolle. /.../ Ich verstehe, dass Sie im Augenblick verunsichert und besorgt sind oder vielleicht sogar unglücklich. Aber dafür gibt es keinen Grund. Sie haben ein hübsches, gesundes, intersexuelles Kind. Das ist eine seltene, aber bekannte Variation der Geschlechtlichkeit. Es ist keine Krankheit, nichts Fehlerhaftes."

© 2023
Books on Demand
ISBN 978-3758324321

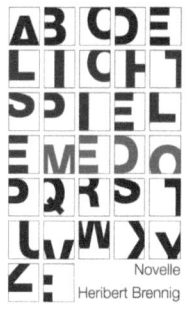

Novelle
Heribert Brennig

Medo, der eigentlich Leon heißt, ist ein dreizehnjähriger Draufgänger. Ständig auf der Suche nach dem nächsten Kick und nichts unversucht lassend, geschieht ihm während eines Urlaubs in Siebenbürgen Sonderbares. Er hat Lichterscheinungen und taucht ein in bizarre, surrealistisch erscheinende Welten. Die Erfahrungen sind für Medo ebenso verwirrend wie für den Leser. Erst im Rückblick ergibt das scheinbar Sinnlose einen Sinn.

Aus dem Inhalt: Lëon freute sich. Obwohl ihm alles mysteriös erschien. Er bemerkte Sprünge, Anomalien, wie im Traum. Aber alles war wirklich. Es geschah. Er erlebte es. Er sah es mit eigenen Augen. Es war seine ureigenste Wirklichkeit.

Und dann begann das Leuchten wieder. Undeutlich zunächst. Angedeutet. Zart, wie hingehaucht. Ein Wetterleuchten feinster Pastelltöne, kaum wahrnehmbar. Dieses geheimnisvolle, wunderbare Leuchten. Nicht zu beschreiben. Nie gesehene Farbtöne. Die näher kamen. Kräftiger wurden. Oder war er es, der sich ihnen näherte?

Farben, tönend, verlaufend, ineinanderfließend, sich ergänzend, sich stetig wandelnd und verwirbelnd, die schließlich zusammenflossen, das wusste er in diesem Augenblick, in diesem weißen, gleißenden Licht. Dieses Licht, das alle Farben, alle Töne und überhaupt alles, was sichtbar und unsichtbar war, enthielt. In das alles mündete. Von dem alles ausging. Auf das er sich zubewegte. Aus dem er schon einmal gekommen zu sein schien. Er sehnte sich danach, mit diesem Licht zu verschmelzen. In ihm aufzugehen. Teil von ihm zu werden. Denn es bedeutete Glück. Ewiges Glück. Ein nicht enden wollender Rausch.

© 2024
Books on Demand
ISBN 9783756812820